不遇スキルの支援魔導士
ナギサ nagisa
年齢 18歳 身長 160cm
宿屋の看板娘。おっとりとした性格の持ち主。
ヨータ youta（主人公）
年齢 15歳 身長 165cm
迷宮都市で冒険者をやっている、支援魔法使い。得物は小刀のナイフ。
サラ sara
年齢 14歳 身長 155cm
駆け出しの冒険者。どことなくお嬢様の雰囲気がある。得物は短剣。

ガレ gare
年齢 15歳 身長 200cm
ヨータの元パーティーメンバー。長身で寡黙な男。得物は斧。
ライオル raioru
年齢 15歳 身長 185cm
ヨータの元パーティーメンバー。ヨータが嫌いでミカに好意があるよう。得物は大剣。
ミーナ miina
年齢 15歳 身長 160cm
ヨータの元パーティーメンバー。挑発的な性格で猫のような雰囲気。毒魔法使い。
ミカ mika
年齢 15歳 身長 170cm
ヨータの元パーティーメンバー。剣の腕はトップクラス。得物はレイピア。

不遇スキルの支援魔導士

The Supporting Enchanter of Desperate Skill

おしるこ入りの缶ジュース
illust by 純粋

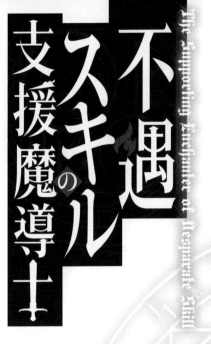

Contents

プロローグ

「お前、今日限りでクビな」

唐突にライオルからそう告げられた。僕は突然の宣告に目を白黒させる。

「えっ、どういうことだよ！」

数瞬の間を置いてやっと言葉の意味を理解し、僕は驚きからライオルに詰め寄り、聞き返した。

そんな僕を背の高い彼は真正面から見下ろすと、突き放すような冷たい声で言う。

「言葉どおりの意味だ」

僕は言葉を失ってしまう。呆然《ぼうぜん》と彼の顔を見つめるしかなかった。

……僕が、パーティーをクビ？

「そうだ、クビだ。お前には今すぐ拠点《ここ》を出ていってもらう。二時間やるから荷物を纏《まと》めろ」

「……なっ」

ライオルは立ち尽くす僕に、容赦ない言葉を投げかけてくる。

何故《なぜ》追い出されることになったのか、理由は薄々わかっていた。ただ、自分なりに貢献できる部分は貢献してきたつもりだ。

……どうして。

「おい、何突っ立ってんだ。早くしろ！」

いつまでもマヌケに立ち尽くす僕に苛立《いらだ》ったのか、ライオルは語気を強めて急《せ》かしてくる。

鋭い声に我に返った僕は、慌てて動き出した。まだ混乱していて、動きはぎこちない。まるで壊れかけの魔法人形《オートマタ》のように、滑稽で、格好悪い姿。

ライオルはパーティーのリーダーだ。パーティーの中では一番腕が立つし、怒ると怖いし、だから絶対に逆らえない。

そういう卑屈な考えが自分の中に染みついてしまっていた僕は、ただ反射的に動き出してしまったのだ。

とても、惨めだった。

「――ライオル！　あんた急に何言ってるのよ！」

重苦しい空気の中、割り込んでくる声があった。

幼馴染《おさななじ》みのミカだ。乱暴に玄関のドアを開け、ずかずかと僕たちの前までやってくる。燃えるような長い赤髪を、後ろで左右に纏めた彼女のツインテールがぴょこぴょこ揺れた。

ライオルの胸ぐらを摑《つか》むと、ぐいっとその整った顔を鼻がくっつきそうなくらいに近づけ、その鋭い目つきで彼の顔を睨《ね》めつける。

「なんでヨータがクビになんかならなくちゃいけないのよ！」

「役立たずの無能をクビにすることの何がおかしい」

ミカはどうやら僕を庇《かば》ってくれているらしい。僕はどこか他人事のように彼女とライオルの口論を眺める。

「役にならなら立ってたじゃない！　誰のおかげでここまでやってこれたと思って……」

そんな彼女の言葉にライオルは心底嫌そうに顔を歪《ゆが》める。そして彼女が首元を摑んでいる手を無理やり取り払うと、動作の止まった僕の方を見て言った。

「おい、手を止めるな。もうお前はパーティーメンバーじゃないんだから早く出てけ」

「ちょっと、無視しないでよ！」

「うるせぇ！」

ミカが再びライオルに摑みかかろうとすると、彼はそれを遮るように怒声を上げた。

「ここまでやってこれたのは俺の、俺自身の力だ！　こいつの力なんかじゃない！」

「でも、それはヨータの支援魔法があったから……！」

「あんなゴミみたいな支援魔法なんかなくてもやっていけたと言っているんだ！　そもそも他の支援魔導士より成長も遅い、効きめも悪い、ただでさえお荷物なあいつらの中でも更にお荷物だ！　こんな無能を守りながら戦うのはもううんざりだ」

「そんなことない！　自分たちの実力より上のクエストを受けられたのだって、その少しの支援魔法のおかげじゃない」

ミカはそれでも引き下がらない。だが、当事者である僕の目から見たって少し苦しい擁護のように思えた。

「フン、そんなもの、いくらでも他で代用が利くだろう。もっと効果のいい支援魔導士を雇えば、もっと早く、今のレベルまで上がれていたはずだ。お前だって、今頃とっくにレベル10になっていたはずなんだよ」

「でも、それは足を引っ張っていたことには」

髪色と同じ紅蓮《ぐれん》の瞳を潤ませるミカ。だが、ライオルの顔は冷たい表情のままだった。

「……俺たちはみな天才だ。あらゆる記録を打ち破って歴代最速で迷宮探索者のトップエリートである特級探索者にまで上りつめた」

ライオルはその冷酷な表情を少し崩すと、得意げな表情を滲《にじ》ませる。

「だが、こいつだけは違う。何度でも言うが、こいつではなく他の奴《やつ》を使えば、もっと早く今の地位に辿《たど》り着けていたはずだ！」

だが、すぐにそんな表情を消すと、今度は怒りを露《あら》わにして声を荒げる。

「この無能はどうしようもなく俺たちの足を引っ張っていたんだ。それに……リーダーは俺だ、文句は言わせない」

もうミカの言葉に勢いはない。消え入るような声で、泣きそうになりながら、それでも僕のことを庇ってくれる。

……心が痛い。

「いくらリーダーでも独断で行動するのは……」

「だってさ、お前らはどう思う？」

しつこく食い下がるミカを見て、ライオルは鼻を鳴らすと不意にミカの後ろにある玄関に向かって声をかけた。

それと共に部屋に入ってきたのは、……その、パーティーメンバーのミーナとガレだ。その表情を見るに、二人はライオルの決定には肯定的なようだった。

「いいんじゃない？　クビでさ」

「……俺はどちらでもいいが」

ミーナはニヤニヤと口元を歪めながら、ガレはすまし顔である。どちらにしろ、僕のことをクビにすることに不都合はないらしい。

「二人まで、なんで……」

「正直言ってさ、役立たずのくせに仲間ヅラされるの嫌だったんだよね」

ミーナはニヤニヤ顔を崩さないまま続ける。

「だって、私たちのレベルはもう9なんだよ？　ライオルは10。それに比べてヨータはまだたったの4。どんだけ怠け者だったらここまで差がつくんだって話」

そうだ。みんながとっくにレベル9になっているのに、僕はわずか4。僕とミカが、ライオルたちとパーティーを組んで三年。

そう、三年かけた結果が4なのだ。

レベル9といったら最高レベルの一つ手前である。僕以外のパーティーメンバーは探索者の中でもかなり上位に位置している。

ゆえに、僕たちは特級探索者の指定をギルドから受けていた。その中で中堅探索者の平均にすら達していない僕はお荷物であると、みんなはそう言いたいのだろう。

当たり前だ。僕が特級探索者でいられるのは、ライオルのパーティーにいるから、ただそれだけなんだ。そんなの他の人から見たらズルにしか見えないだろう。ギルドのルールのおかげでしかない。

「支援魔導士にしたってていくらなんでも弱すぎるの。私たちが強いから今までやってこれたもののの、さすがにねぇ？」

言うとおりだ、彼らは強い。

ライオルは大剣士、ミカは細剣士、ガレは盾槍士《やり》、ミーナは攻撃魔導士。

それぞれがみんな戦闘向きの職業で、支援職は僕だけだ。

迷宮探索者の枠組みにおいて、即戦力になる戦闘職はどこでも引っ張りだこだ。

逆に支援職は戦力になりにくいから、不人気。

で、その日陰者たちの中でも、僕は輪をかけて弱い。だから必要とされていない。

支援魔法の内容などは人によって違うのだが、それでも平均をかなり下回っている。それでもこの職業にしがみつくしかないのは、僕にはこれしかないから。

スキルが一つしかないから、必然的にこの職業を選ぶことしかできなかったのだ。

「……っ」

ミカは言葉に詰まる。

「で、ミカはなんでそんなに必死なわけ？　もしかしてぇ、ヨータにゾッコンだったり？」

彼女の様子を見たミーナはますます面白がって、茶化すようにそう言った。

ミカは見る見るうちに顔を赤くしてから、慌てて否定し始める。

「そ、そんなことはないわよ！　ヨータはただ、私の大事な仲間で、だから、その……」

そこまで必死に否定されると傷つく。彼女の後ろで僕があっさりと失恋していると、ミーナは興味なさげに僕を一瞥《いちべつ》して、すぐに顔を背けた。

「ならいいけどさ。とにかく、無能に食わせる飯なんかないの。わかったらもういいでしょ」

「……ちょっと、ヨータも少しは何か言いなさいよ！　あんた本当にこれでいいの⁉」

返答に困ったミカは、助けを求めるような目で僕を見る。

……そんな顔をしないでくれ。僕には何もできないんだ。みんなの言うとおりだから。

「……」

「黙ってないで何か……」

「……もういいよミカ。僕は大丈夫だから」

僕はそう言ってミカを止めると荷物を纏め始めた。これといった趣味もなく、お金はほぼ全てを貯金に回していたため、大した物もなくすぐに詰め終わった。

「やっぱすげぇよミカは。誰より優しくて、誰よりも強くて……レベル9到達歴代最年少だもんな。ずっと僕の憧れだったよ。でも、僕にはもう無理だ」

もう耐えきれないんだ。己の無能に対するミカの気遣いも、ただ痛いだけなんだよ。

僕はミカに背を向けながら纏めた荷物を一つ一つ背負っていく。

「もうどんなに追いかけても、みんなに、ミカに追いつくことなんかできない。だから、終わりにしよう」

「……だってさ」

ミーナはひたすら嘲笑の笑みを浮かべながら僕の言葉にそう続けた。

「それでもヨータとパーティーを組みたいんだったらさ、一緒に出ていけばいいじゃん？　ねぇ？」

ミーナは更に煽《あお》る。

「おいミーナ、お前は余計なことを言うな」

「チッ……はいはい」

しかし、ライオルにそう言われると、途端に不機嫌になったミーナが渋々といった感じで引き下がった。

「みんな、酷《ひど》いよ……ヨータも、みんな、みんな……」

「……まぁ、こうなることはわかっていたが」

今まで口を開かなかったガレが喋《しゃべ》りだす。

「ミカはよく考えた方がいい、本当に彼はお前の言うとおりに役に立っているのかを」

落ち着いた低い声が、静かな部屋に響く。時折、ミカが鼻を啜《すす》る音が聞こえた。

「……お前は、ヨータは役に立っていると言うが、さっきからずっと、具体的な例を挙げるでもなく、ただ違う、それは違うとばかり喚《わめ》いてるだけではないか？」

ガレの言葉に、ミカは反論できない。

「結局、それが全てだろ？」

ミカはその言葉を聞くや否や玄関へと背を向けて歩いていった。

彼女は泣いていた。大粒の涙をポロポロとこぼしながら拠点を飛び出し、どこかへ駆け出していってしまった。

——最後の最後で嫌われてしまったな。

そう思いながら、自分が今まで貯《た》めていた貯金を取りにメンバー共同で使っていた金庫へ向かう。開けて中身を確認して——

「……僕の貯金は？」

なかった。僕の貯金全額が。

「はぁ？　何言ってんだお前。無能に払う報酬なんか端《はな》からない。今まで無能を養ってきた迷惑料だと思えよ」

ライオルがそう告げる。

「ふざけんな！　返せよ！」

だめだ、それだけはだめだ。何かあった時のためにずっと貯めていたお金なのだ。それがなければ僕はほぼ文なしだ。

取り返そうとライオルに摑みかかろうとする。

しかし、レベル4で、しかも非戦闘職の僕はライオルにあっさりと避《よ》けられてしまう。

「うっ」

ガツン、と僕の頰に強い衝撃が走る。どうやらライオルに殴り返されたようだ。

動きが見えなかった。それだけの実力差が、そこにあった。

ライオルは僕を引き倒すと、更に殴りつけてきた。激しく、何度も拳や蹴りを加えられる。

「お前さ、無駄飯食らいのくせに生意気なんだよ……クソ野郎が！」

彼がそう言って僕を殴る手を止めると、それを眺めていたミーナが近づいてきた。そして、僕の目の前に何かをポトリ、と落とす。

「……ぁ」

「ごっめーん、もう使っちゃった！」

それは空っぽになった僕の貯金を入れていた袋だった。もう声も出せない僕を引きずって、ライオルはハウスの玄関までやってくる。

そして僕を外に放り出すと、言った。

「じゃあな。無能支援魔導士君」

それきりドアは閉まり、辺りに静寂が満ちる。

音といえば遠くから聞こえてくる、数多《あまた》の探索者たちによって活気溢《あふ》れる、きらびやかな迷宮街の喧騒《けんそう》ぐらいだ。

僕は、痣《あざ》だらけで痛む体を引きずりながらその街の方へと歩き出すのだった。

第一章　追放と覚醒と少女とオーク

パーティーを追放された。

僕は街中をトボトボと歩く。

もうすでに日は暮れて、明かりは部屋から漏れる光のみだった。

まだ人通りは多いが、その多くは家路を急ぐ者や、酒場に向かう者ばかりだ。

とうとう追い出されてしまった。家なし、文なし。

いずれこうなるであろうことは、なんとなくはわかっていたつもりだった。けれども、実際に追い出されてから初めて後悔している自分がいた。

後悔先に立たず。

「……」

行くあてなどない。ただただ無言で雑踏の中を流れに逆らって迷宮の方へと向かう。

「あ！　ヨータ君！」

やがて、とある店の前を通り過ぎようとすると、僕を呼び止める声があった。

若い女性の声だ。振り返ると、そこにいたのは目の前のお店〝ハザクラ亭〟の看板娘のナギサさんだった。

青みがかった黒髪を後ろで結わえ、給仕服に身を包んでいる。看板娘なだけあって整っている顔はぱっと花の咲くような魅力的な笑顔で、こちらに向けて手を振っていた。

この人が働いているこの店、冒険者になってからはよく通っている。迷宮探索の帰りに、ちょっとした打ち上げなんかをするためだ。

ナギサさんとは、たまに世間話に花を咲かせたりする程度の仲だ。

「ヨータくん、こんな時間にどこに行くの？　夕飯？　それならうちで食べていきなよ！」

「……ナギサさん、こんばんは」

「酷いケガじゃない！　何があったの⁉」

僕がボソボソと消え入るような声で挨拶を返すと、彼女は僕の怪我に気づいたようで驚きの声を上げる。

「……いえ、特には。用事があるのでこれで――」

「特には、じゃないでしょ！　とにかく手当てくらいしていきなさい」

誰かと話す気分ではなかった僕は、適当に誤魔化してその場を立ち去ろうとした。が、背を向けようとする僕の腕をナギサさんに引っ摑まれ、そのまま無理やり店内へと引きずり込まれてしまった。

抵抗する余力はなかった。

「こんなに傷だらけで放っておけるわけないでしょ、まったくもう」

僕は店の中でナギサさんの手当てを受ける。

ナギサさんの手当てをする手つきはとても丁寧で、しっとり、ひんやりとした手は触れられていてとても心地よかった。

傷口や痣をそっと触られる感触は妙にくすぐったくて、なんだか変な気分になってしまう。

「それで、何があったの。さっきから言おうとしないけど」

「いや、それは……」

言いたくない。

しかし彼女は手を止めずに、再び僕に聞いてくる。

「それは？」

だめだ。彼女は僕の口から答えを聞くまで引いてくれそうもない。

仕方なく、少し言葉を濁して答えることにした。追い出されて文なしになってしまったことは、絶対に言えない。

「ライオル、たちと少し喧嘩《けんか》して……それで」

「なるほど、それでこの大きなたんこぶを」

つんつん、と患部を軽く突かれる。

「いてっ」

「あっごめん、大丈夫？」

一瞬のひやりとした感覚と共にそこがズキリと痛み、僕が思わず声を漏らすと彼女は慌てて手を離し謝ってくる。

「まぁ、そんなところです」

「殴り合いのケンカするなんて、ヨータくんもやっぱ男の子だねー」

にひひとナギサさんは笑う。

「……ええ、まぁ」

実際には一方的に殴られ続けただけだ。僕の拳は、彼に指の一本も掠《かす》りはしなかった。

とてもケンカなんて呼べるものじゃない。

「それで、家、出てきちゃったんだ？」

「……はい」

僕は、ええ、とかはい、とか曖昧な答えしか返すことができない。

「じゃあ今日は泊まる所どうするの？」

「まだ決めてません」

「じゃあ、うち宿屋もやってるから泊まっていきなよ！　今日は空いてるし、一日くらいサービスしちゃうよ」

僕がそう言うと、ナギサさんはニコニコしながらありがたい提案をしてくれる。お金がないことも察してくれているようだ。

しかし、タダで泊まるのは恐縮なので、僕は断ろうとする。だが、「まぁいいから」と彼女に押し切られてしまった。

仕方なく僕が泊まっていく旨を伝えると、彼女はニッコリしながらこんなことを言ってきた。

「でも、ちゃんと仲直りしなきゃダメよ？　仲間なんだから」

ナギサさんは僕を諭すようにそう言ってくる。

「……」

「きっとヨータくんにも悪い所はあったんだから、そこはちゃんとごめんなさいしなきゃ」

「……」

「ちゃんと謝ればきっと仲直り――」

「無責任なこと言うな！」

僕は彼女の言葉を大声を出して遮った。店内の全ての視線が僕に集まる。先ほどまでの喧騒は嘘《うそ》のように静まっていた。

「あいつは、あいつらは、仲間じゃない。仲間なんかじゃなかった！　最初から、ずっと！」

言葉が止まらない。後から後から溢れ出てくる。心の中で荒れ狂う感情を僕は止めることができない。

「仲間だなんて思ってたのは僕だけだったんだ。どいつもこいつも、莫迦《ばか》にしてたんだ！　ずっと、……ずっと！」

そうだ、あいつらは僕をただの役立たずの厄介者ぐらいにしか思ってなかった。

「もう無理なんだ！　あいつらと仲間でいるのは、無理なんだよ……わかったようなこと言うなよ……」

今日、ライオルたちと僕の関係には決定的な亀裂が生じてしまったのだ。今更元の関係になんて戻れない。絶対にだ。

……一通り言い終わってから、今の状況に気づく。

はっ、としてナギサさんの顔を見ると、彼女は酷く驚いた表情で固まっていた。

「おい、あの兄ちゃんなんであんなに荒れてるんだ」「ああ、彼は確か特級冒険者の……」

「仲間とトラブったみてぇだけど、大変だな」

周囲もザワつく。僕はいても立ってもいられなくなり、そのまま店の外へと駆け出した。

腫れて熱を持っていた顔が、焼けるように熱かった。

迷宮へと一直線に続く通りを駆け抜けながら、先ほどの出来事を振り返る。

僕はナギサさんに酷いことを言ってしまった。彼女はきっと親切心からああ言ってくれていたのだろう。彼女はそういう人だ。

でも、感情を抑えきれなかった。そう、悔しかったのだ。

「……悔しくないわけが、ないだろっ」

悔しくて悔しくて堪《たま》らなかった。今までずっと、悔しくないフリをしていたのだ。仕方がないのだと自分に言い訳をしていたのだ。

あんなことを言われて、怒りが湧いてこないわけがなかった。

見返してやりたい。そんな思いを胸に僕は迷宮へ飛び込んだ。

「っ、ちょっと君！　待ちなさい！」

入り口付近で待機していたギルドの職員が慌てて止めようとするが、それを振り切り奥へと潜っていった。

❖

宿屋の看板娘のナギサは、勢いよく飛び出していったヨータを見て、深くため息をついた。

どうやら親切心で言ったつもりの言葉は、より深く少年を傷つけることになってしまったようだ。

(……失敗、しちゃったな)

次に会った時は、あの子に謝らなければ。ナギサはそう思い、仕事へと戻った。

❖

「はっ! ふっ!」

僕は迷宮の中でスライム相手に苦戦していた。今の僕の武器は短剣がひと振りのみ。刃渡りが短く、軽い刃《やいば》ではなかなかスライムのゼリー部分を切り裂くことができないというのはあるが、何よりステータスが足りていなかった。

何度も斬りつけ、ようやく核を破壊する。

「……やっと倒せた」

核を失いドロドロに溶けた死体の中から魔石を取り出す。スライムは最弱と言っても差し支えない魔物だ。当然ゴミみたいな大きさのクズ魔石しかドロップしなかった。

「はっ、やっぱ弱えわ僕」

憂さ晴らしにカッコよく無双、なんてことはできなかった。

特級探索者が、スライム狩りか。しかも苦戦してる。こんな情けない話ってあるだろうか?

僕はふと探索者証を取り出し、眺める。そこには僕のステータスが書いてあった。

name ヨータ age 15

生命力	56/56
体力	27/39
筋力	46
敏捷	24
防御力	21
スキル	大英雄の号令 Lv.4/10※ 味方全員の全能力を10%アップ。

これが僕のステータスだ。全てにおいて平均を下回っている。

一般的な支援魔導士でも、筋力60、体力だって40以上はある。

レベルがなかなか上がらない僕は筋トレを頑張っていたが、それでもこのステータスだった。

基礎ステータスは単純な筋トレなどによっても上げることができるのだ。もちろんレベルアップによる上昇の方が、はるかに数値は大きいのだが。

問題はスキルだ。名前はまぁ、大層なものがついている。だが、他の人も大体同じような具合のネーミングであるので、全然特別ということはない。

効果だ。効果が絶望的に悪い。レベル1の時はたった一パーセントだった。普通は同レベル帯ならば二〇パーセントから三〇パーセントは上昇するのだが、僕のスキル効果倍率は平均から見て低すぎたのだ。

「役立たずか。……まったくそのとおりだよね」

僕はそう言って自嘲気味に笑い、探索者証をしまおうとする。半年以上もまったく数値に変化のないステータスを無意味に眺め続ける道理もなかった。

そして、そのままポケットに戻そうとして、……違和感を覚えた。

カードから目を離す直前に、画面が少し光って見えた気がしたのだ。

恐る恐る目を戻すと、そこに表示されていたのは。

なんと、半年振りのレベルアップの表記と……。

「……スキルアップデート？」

初めて見る文字の羅列だった。

「まぁいいや。それよりもレベルアップを先に……」

レベルアップとは。

それによってスキル効果や、身体能力を向上させることができる。

僕にとって、今回が四回目のレベルアップということになる。

正直、今回もあまり期待はできないだろう。せいぜい上昇したとしても三パーセント？　いや、もっと少ないかもしれない。

全ステータスアップと聞いただけならすごいと感じるかもしれない。だが、現に役に立たない、いらないと言われてしまってはそれ以上の評価のしようがなかった。

さっきスライムと戦っていた時だって自分にかけて使っていたのだ。自分が弱いのもあるが、効果が薄いというのは本当なのだろう。

「まぁ、なんであれないよりはマシ、だよな……」

僕はそう、誰にともなく呟《つぶや》くと、半ば投げやりにレベルアップの処理を行った。

了承ボタンを押すと、自分の体が淡く光り始める。いつもの感覚だ。腹の奥底から湧き上がってくる高揚感。

そしてそのまま光が収まるのを待っていると……。

『――レベル5への到達を確認。……アップデートがあります。更新しますか？』

「⁉」

唐突に頭の中に何者かの声が流れた。今までこんなことは一度もなかった。

僕は驚き辺りを見回すが、それらしき人影は見当たらない。そもそも頭の中に響いてきているのだから周りにいるわけもなかった。とりあえずはいとでも言っとけばいいのだろうか？

『回答を確認……アップデートを開始します』

男か女であるかもわからない無機質な声はなおも喋り続ける。それにつれ、自らの体を包む光も強さを増していく。

『……アップデート処理完了。身体強化に伴う対象の保護のため、活動を一時停止します』

最後にはその声と共に、唐突に僕の意識は途切れた。


――どれくらい気絶していたのだろうか。

朦朧《もうろう》とした意識がだんだんと覚醒してくる。

僕はまだ力の入らない体を必死に使い、なんとか起き上がった。

どうやらその場に倒れていたようで、見回しても目に入るのは迷宮の壁のみだった。手元には探索者証が落ちていたので拾い上げる。

ぼんやりとしながらそれを眺めて、

「……なんだこれ⁉」

驚愕《きょうがく》した。

数値がおかしい。とにかくおかしい。全てがおかしい。

ステータス値が全ての項目において今までの二倍以上に跳ね上がっている。特にスキルの効果倍率においては、効果上昇率が一〇倍にもなっていた。

name ヨータ	age 15
生命力	134/134
体　力	72/72
筋　力	103
敏　捷	57
防御力	61
スキル	大英雄の号令 Lv.5/10 味方の全能力を100%アップ。

基礎ステータスが剣士職並みの数値になっている。

これは最上級のレベル10の支援魔導士がようやく達することができるか、というような水準だ。どう考えてもレベル5の僕には釣り合っていない。やりすぎだ。

……アップデートとはどういうことなのか。

よく見るとスキル欄のレベル表記も少し変わっていて、ずっと疑問に思っていた「※」みたいな印が消えている。

「あっ」

ステータスの表記にまたもや見慣れないものを発見する。文面は「パッチノート」とある。

僕はその文字に軽く触れる。すると、文字列が変化し、その内容が表示された。

パッチノート

✣使用者の現在の環境において、スキル効果が著《いちじる》しく劣っていると判断したため、効果倍率の調整を行いました。

(効果倍率一〇パーセント→一〇〇パーセント)

✣ベーススペックの強化を行いました(貧弱すぎるから)

今後ともよろしくお願いします。

by 管理神 Nagi

「なんだこれ」

能力が今まで制限されていた……？　貧弱ってバカにしてる？　というか何をよろしく？

読めば読むほど様々な疑問が浮かんでくる。僕は嬉《うれ》しさよりも先に、恐怖を感じた。背中が薄ら寒くなる。

「は、はは」

思わず乾いた笑みが溢れる。

「やっと……」

降って湧いたような出来事に僕の頭は混乱してしまう。今までずっと望んでいたことなのに、それなのに実感はまったく湧かなかった。

僕は先ほどまでの気怠《けだる》さなど忘れ、勢いよく立ち上がる。いても立ってもいられなかった。

駆け出したその先で先ほどと同じスライムを見つけそのまま斬りかかる。

「はっ」

突き出した短剣はいとも容易《たやす》くスライムのゼリー状の膜を切り裂き核を貫通する。

一発だった。

と、ここまではまだスキルを使っていない。単純な身体能力のみだ。それだけの上昇率だった。

ドヒュ　ヒュッ　ドスッ

僕はスライムの群れに突っ込むと、その全てを一撃で倒した。先ほどとは比べものにならない効率に気分が高まる。

「スライムに勝って喜んでるなんてアホみたいだな」

だんだんと高揚する気分を胸に、さっさと魔石を回収すると僕は更に迷宮の奥の方へと向かった。

一つ下の階層に降りると、そこでゴブリンと鉢合わせした。ゴブリンは常に群れで行動するので、一人でやるにはかなり厄介と言える。

一匹の能力はそんなに高くないのだが、それでも大人の男並みの筋力があるため、決して弱くはなかった。

「相手としては、ちょうどいいのかな?」

僕は、そう呟きながら今度はスキルを発動し、自分に支援魔法をかける。

「せぇえいっ！」

かけ声を上げながら短剣を横に薙《な》ぐ。それだけで近づいてきた三匹の首が飛ぶ。抵抗は感じられなかった。

「「グギャッ⁉」」

残った五匹ほどのゴブリンは驚いたのか後ずさる。僕はその五匹に向かって飛び込むように跳躍する。

体が浮いた。僕はまるで飛ぶような軌道を描いて一気にゴブリンたちとの距離を詰め——

ガツンッ！

天井に頭をぶつけた。

そのまま床に墜落し、突っ伏す。

「……」

「「……」」

辺りに静寂が満ちた。ゴブリンたちもあまりの驚きに口をあんぐり開けて呆《ほう》けている。

やらかした。ここは迷宮で天井があることをすっかり忘れていた。

誰に見られているわけでもないのに顔が熱くなる。強化された防御力のおかげか痛くはなかった。

僕はいつまでもこうしているわけにもいかないのでゆっくりと起き上がろうとする。

そうしているうちにゴブリンの一匹が立ち直り、慌てて仲間を正気に戻すと、一斉に襲いかかってきた。

地に伏した状態の僕相手なら有利と判断したのだろう。

彼らは手に持っているこん棒を振り上げ、人体の急所である頭を狙い打ちにしようとしている。

木製のこん棒だが、堅く、重い材質なため当たればただではすまないであろうことは明白だった。

……普通の人間なら。

僕はそのままそれらを頭で受け止めた。

「グギャッ⁉」

ゴブリンはやったか⁉　とばかりに鳴き声を上げる。

確かにゴブリンたちの得物はしっかりと僕の脳天を捉えていた。

が、僕には効いていなかった。

僕はユラリと立ち上がると短剣を目の前の一匹に突き刺す。

抜いた剣はそのまま後ろに薙いで二匹仕留める。

残りの二匹は逃げ出そうとしたので後ろから蹴りを繰り出し、首の骨を粉砕して仕留めた。

「すごい……」

化物じみた動きだった。およそ今までの自分とは思えないような、異様な速さだ。

もはや支援魔導士の動きとは言えない。支援魔導士とは後方で支援するから支援魔導士なのだ。前線に出て戦うような職じゃない。

僕は倒したゴブリンからスライムより少し大きな魔石を回収しながら、考え込む。

……慢心してはいけない。僕は少し冷静になってから、さっきまでの行動を振り返る。先ほどの僕はいきなり大きな力を手に入れて、明らかに調子に乗っていた。

そうなってはいけないだろう。それではライオルたちと同類だ。

「……努力するんだ」

そう、努力だ。僕のレベルはまだ5。この時点でリミッターが解除されたということはまだ伸びしろがあるということだ。

ここで終わりじゃない。まだ伸ばせるんだ。

基礎ステータスは筋トレなんかでも上げられる。僕の支援魔法はそれらを強化するものだ。母数がデカければデカイほどいいに越したことはない。

「努力は必ず報われるんだ！　頑張れ僕！」

先ほどまで諦めかけて自暴自棄になっていたはずの僕は、そんな調子のいいことを言いながら迷宮を出ようと出口へ向かう。

まずは新しいパーティーを探さなければ。今更ライオルたちの元に戻るつもりはないし、何より今の僕ならすぐに見つかるだろう。

謎は挙げればきりがないが、今気にしていても仕方のないことなので考えるのは後回しだ。とりあえず喜ぶことにしよう。

気持ちの整理がついたからか、足取りも軽くなる。

そうしてそのまま街に戻ろうとしたのだが……。

「誰か！　助けてください！」

後ろの方から悲鳴が聞こえた。声からしておそらく自分と同年代の女の子だろう。

僕は急いで声の聞こえた方へ向かう。入り組んだ迷路のような道を進んでいくと声が段々と明瞭になってきた。

やがて角に突き当たると、僕は一旦そこで足を止めた。声はこの先から聞こえている。

僕がそっと覗《のぞ》き込むと、そこで見えたのは。

「おいてめぇ、自分が何やったのかわかってんだろうなぁ～えぇ？」

「ひぃっ！　ごめんなさいごめんなさい！　許してください、なんでもしますから！」

「アニキ、こいつブチのめしてやりましょう、そうしましょう！」

地面に頭を擦《こす》りつけて土下座する冒険者風の少女と、それを取り囲む二匹のオークだった。

「てめぇこのォ……舐《な》めやがって」

「ごめんなさい！　ごめんなさい！」

アニキと呼ばれたオークの一匹が少女の首根っこを捕まえ、自分の顔の辺りまで持ち上げる。

フーッ、フーッと鼻息を荒くするオークにものすごい形相で睨《にら》みつけられ、少女は半泣きになりながら必死に謝っていた。

オークといえばスライム、ゴブリンについで弱い、そんなイメージだが、迷宮のオークは知能が高い。

人間と同じように言葉を話し、戦闘においては仲間との連携を得意とするため厄介な魔物だ。

「アニキぃ！　許す必要なんかねぇよ！　さっさとやっちまいましょう！」

もう一匹の方が興奮した様子で、アニキオークを急かし立てる。

早く助けなければ。そう思うものの、なかなか飛び出すタイミングが掴めない。

無策に飛び出しても、彼女を人質にされてしまえばどうしようもない。僕がそう思案しながら覗き込んでいると……。

「あっ！　お兄さん助けてください！」

ぱっと顔を上げた少女が僕のことを見つけて声を上げた。

その声と同時に二匹のオークもこちらを向く。

「……」

「「……」」

しばしの沈黙。双方共に無言で見つめ合う。

「お兄さん！　あの、お兄さーん？　助けてくださーい」

そんな中少女だけが元気に声を上げ続けていた。

まぁ、いつまでも固まっていては仕方がないので、とりあえず彼らの前まで進み出る。そして、殺気立ったオークさんたちに僕は話しかけた。

「あのー、女の子をよってたかってイジメるのはどうかなー、なんて」

「ああ？　なんだぁてめぇ」

オークの口からドスの利いた声が発せられる。やっぱり結構怖い。このままフェードアウトしたい。

今まで支援魔導士として後ろから味方に支援魔法をかけていただけだったのだ。今の僕ならオークぐらいに遅れを取るはずもないのだが、迫力に気圧《けお》され思わず足がすくんだ。

「あっ、ども、ヨータっていいます」

思わず普通に名乗ってしまった。一応特級探索者、なのだが今の僕は客観的に見てとてもそうだとは言えない状態だった。

実に情けない。

「……今なら見逃してやる。失《う》せろ」

少し間を置いてからオークがそう言う。正直従わせていただきたいが、そういうわけにもいかない。

なので、僕は平和的解決を試みることにした。

「あのー、あなた方はどうしてそんなに怒っていらっしゃるんでしょうか……」

聞くと子分？　の方のオークがいきり立つ。

「ああ!?　お前には関係ねぇよ！　どっか行け！」

「おい、お前はちょっと黙ってろ」

それをアニキなオークが手で制する。少女は首根っこを摑み上げられたままである。

「お前はこいつが俺たちに何を言ってきたかわかるか?」

あっ、なんか嫌な予感。僕が悪い想像をふくらませていると、オークはその先を言った。

「……あろうことか、あの森林オークどもと俺たちを同じ扱いにしやがったんだ! あんな頭の中性欲で満たされた低能どもと一緒にしやがって、許せねぇ!」

嫌な予感は当たった。どうやら彼女は迷宮のタブーを犯してしまったらしい。

実は迷宮オーク、特に敵対関係にあるわけではないのだ。人間と敵対している森林オークとは根本から異なる。

森林オークは基本的に知能が低く、言葉も話せない。しかも性欲が強く、人間の女をよく襲うために害獣として定期的に駆除されているのだ。

反して迷宮オークは理性がある。特に自らが人間を襲うこともない。彼らは紳士なのだ。

森林オークなどと一緒にされてはそりゃあ腹も立つだろう。

迷宮オークと敵対するような時はだいたい人間側に問題があることがほとんどだ。

今回も例に漏れず少女がやらかしてしまったようである。

迷宮初心者がやりがちなことだ。迷宮オークを森林オークと同じものだと間違った理解をし、敵対行動を取ってしまうことは。

無知ゆえの過ちである。

証拠に、彼女の足元には剣が落ちていた。

まぁ、これは仕方ないな、うん。

「ああ、そういうことでしたか。僕が首を突っ込むようなことではありませんでし「待ってください！」」

僕がそうして静かにその場を離脱しようとすると、悲壮な顔をしたおそらく新人であろう少女が必死に引き止めてきた。

「待ってください！　このままじゃ、私……私」

彼女は僕に震える声で必死に訴えかけてくる。

「オークさんに○○して×××されて（自主規制）されちゃいますっ！　だから、お願い！」

「おいゴルァ！」

「ひぃっ！」

なんとこの少女、火に油を注いでしまった。

このままでは彼女の身が本当に危ない。迷宮オークはああ見えて温厚な性格なので、あのまま放置していても軽い折檻《せっかん》で済んだだろう。

だが更にヒートアップさせてしまえば本気で危ない。大怪我では済まないかもしれない。

僕は仕方なく離れていこうとしていた足を止め、引き返す。

そして彼女を助けるべく、オークたちにお願いをするのだった。

ＤＯＧＥＺＡをしながら。

「彼女を離してやってください！　僕ならいくらでも殴られていいですから！」

「あーん？　そんな庇うほどの仲なのかお前」

「はい！　そうです！　彼女は実は僕の恋人なんです！」

「へっ、あなたとは初対面……」

「ちょっと黙っててくれるかなぁ⁉」

「はいっ」

僕は無理やり少女を黙らせる。余計拗《こじ》れる。

そしてそれを聞いたオークはというと……。

「ふん、いいだろう。ならお前、ツラ貸せや」

信じてくれたようだ。彼は彼女を離して、僕の方へとやってくる。

「立て」

「はい」

言われたとおりに立ち上がると、オークは拳を思いきり振り上げ――！

✣

ヨータがいなくなった後、残った四人の間には重い空気が立ち込めていた。

「おい、ミカ。いつまでそうやってるつもりだ」

ライオルがミカに話しかける。

「……どっか行って」

ミカは、カーテンで窓を仕切り暗くした自室の、真ん中にあるベッドの上で、三角座りをしてうずくまっていた。

ライオルはその返答に苛立ちを覚えたのか、少し声を荒げる。

「おい！　もう一週間もそうしているだろ！　んなことしたってアイツは帰ってこねぇよ！」

「……うるさい」

「ちっ」

ミカは聞く耳を持たない。

ライオルはそんな彼女の様子に舌打ちをしながら、明日の予定を伝える。

「明日から深層でモンスターの討伐だ。俺たちに依頼が来てる」

ミカからの反応はない。だが、ライオルは続けた。

「……お前は勘違いしてるんだ。すぐにわかる。あいつなんかいなくてもやっていけるってことを証明してやる」

部屋を出る前に、ライオルはもう一度振り返る。

ミカは彼を睨んでいた。

「あいつのことなんか忘れさせてやる」

ライオルはそう最後に吐き捨てて、彼女の部屋を出たのだった。

❖

「先ほどはありがとうございました！」

新人探索者の女の子に頭を下げられる。彼女の名前はサラといい、年頃は僕とさほど変わらないように見える。彼女はミカと同じ細剣士のようだ。

彼女はつい二週間前に迷宮街に来たらしく、探索者ギルドに登録したのもつい昨日のことらしい。

正真正銘の初心者だった。

「その、お怪我とかはありませんか？　私のせいでほんとに……ごめんなさいっ」

「ああ、うん。大丈夫だから安心して」

実際のところ、傷一つつかなかった。スキルのおかげで異常な防御力になっていたためだ。僕をしこたま殴って満足したオークはそのまま深層へと引っ込んでいった。

この迷宮の深層域にいる上級の魔物でないと僕にまともなダメージを食らわせることはできないだろう。

「それで、新人だっていうから知らなかったのかもしれないけど、迷宮にいるオークと森にいるオークを一緒にしちゃだめだよ」

「はい、気をつけます」

「彼らは紳士だからね。森のオークとは違う」

「えと、紳士……？」

紳士なはずだ、多分。ちょっと口調が荒いだけだよ。僕とのオハナシアイに応じてくれたしね。

「うん、紳士だ」

ほんの少し怒りっぽいかもね。

「はぁ……」

そこで一旦会話が途切れる。僕たちは静かに迷宮の外へと向かっていた。

しばらくするとサラがソワソワしだす。心なしか頬を上気させている気がする。

「……どうしたの？」

僕が疑問に思って聞いてみると、彼女はこちらをチラチラ見ながら恥ずかしげに話しだした。

「その、さっきの恋人って……」

あっ。

「いや、あれは嘘だから」

ただのハッタリだ。オークを騙《だま》すためについたただの嘘だ。本気で言っていたわけじゃない。

僕はそんなイタい人じゃない。

「いえ、それはもちろんわかっているのですが……その」

「？」

「か、カッコよかったです」

そう、なのか？

この子の感性はちょっと、……いや、かなり人とズレているんじゃないかと心配になる。でも、ちょっとだけ嬉しいとも思った。支援魔導士はどちらかといえば馬鹿にされるような職業だ。

少なくとも僕は今まで一度もかっこいいなんて言われたことはなかった。

「どうも」

僕は素直にお礼を述べる。

「それで、ちょっといいですかっ?」

「?」

まだ何かあるようだ。僕はそれに応じて耳を傾ける。

「ヨータさんは、誰かとパーティーを組んでたりするんですか?」

「組んでないよ」

今はね。

一瞬彼らのことが頭をよぎったが、すぐに振り払う。

「それで?」

僕が次の言葉を促すと、彼女は一旦息を吸って、吐いて、深呼吸をした。

そして、

「よかったら、私とパーティーを組んでいただけませんか?」

そんな〝お誘い〟の言葉を口にした。

パーティーか。どこかに入ろうとは思っていたけど、まさか誘われるとは。

「あの、断ってくれてもかまいま「いいよ」」

僕は二つ返事で了承する。僕の返答の早さに、サラは目をぱちくりさせている。

こうして、僕とサラはパーティーを組むことになった。

❖

「一週間⁉」

ギルド職員から驚愕の数字を聞かされる。

僕は驚きのあまりカウンターに身を乗り出し彼に顔をずい、と寄せる。

黒ぶちメガネのギルド職員は、露骨に嫌そうな顔をしながら体を後ろに引いた。

なんてことだ。僕は一週間も気を失っていたのだ！

「え、ええ。あなたが迷宮に入ってから今日までで、約一週間経《た》っています。あなたが探索者証を提示せずに入るものだから、身元がわからず捜索隊を出せなかったんですよ」

僕は現在迷宮出入り口のカウンターにてギルド職員に説教されていた。迷宮に入る時に申告を行わなかったためだ。

探索者は基本的にギルドに守られている。そのため、迷宮で行方不明になったりすると捜索隊が出るのだ。貴重な戦力をできるだけ失わないための策である。

しかし、僕の場合探索者であるという確認が取れていなかったために、捜索隊が出なかったというわけだ。ギルドの財力も無限じゃない。

普通は迷宮に潜る期間と身元を申告してから迷宮入りするが、それをしないと、今回みたいに迷宮の中で遭難しても助けは来ない、なんてことになる。

「まったく、あなたはそもそもパーティーに属していたはずじゃないんですか？　支援魔導士が一人で潜るなんて自殺行為にもほどがありますよ」

呆《あき》れたような顔でそう言う彼は、僕が登録した時からこの迷宮出入り口のカウンターで仕事していたので顔馴染みだ。

当然僕の……他のメンバーのことも知っているが、僕が迷宮に押し入った時は、よそ見していてわからなかったらしい。

「他のメンバーはどうしたんですか？　今まではずっと一緒に潜っていたでしょう」

片方の眉だけをクイッと上げて、彼はメガネ越しの視線をこちらに向けながらそう聞いてきた。

「ああ、パーティーは抜けました」

「ええ!?　何があったんですか」

僕がそう答えると彼は少し大げさに驚いてみせる。理由を聞かれたが、僕は適当に誤魔化した。

やはり、目立ってしまう。これから誰かと会うたびに同じようなことを聞かれるのだろうか。げんなりする。

その後も適当に雑談をを交わしていたのだが、少し恥ずかしそうに、コソコソとした声で話に割り込んでくる者があった。

「あのー、ちょっと漏れそうなんですけど……」

顔を赤くして、内股になってぷるぷる震えているサラだった。

サラを急いで近くのお手洗いへ連れていった後、僕たちは迷宮を出て通りをブラブラと歩く。

さっきのハプニングについては、サラが新人だったがゆえに、お手洗いの場所がわからなかったせいだ。

危なかった。

「あの、これからどうするんですか？」

「ギルド本部に行く。パーティー登録をしなきゃいけないからね。君もギルドに登録する時に行ったでしょ？」

彼女が目をキラキラさせながら聞いてくる。

その希望と期待に満ち溢れた視線から、僕は思わず目を逸《そ》らしながら今後の予定を説明する。

「はい！　でも、見ず知らずの私なんかとパーティーを組んでも本当にいいんですか？」

「君こそ見ず知らずの男にいきなりパーティー勧誘するなんて相当だと思うけどね」

結構やばいと思う。冗談抜きで。

「悪い男だったらどうなってたんだろうね？」

「えと、それはっ……ヨータさんは悪い人じゃないから！」

僕が意地悪な言い方で聞くと、彼女は手をわたわたと振りながら慌てる。

「ふーん。でも、今から態度が急に変わるかもよ？」

僕は彼女を脅すように声を少し低くしてすごんでみせる。しかし、彼女が怯《おび》えるということはなかった。

……やっぱり僕の顔には迫力がないのだろうか。少し前、ミカ相手に脅かしてみせたことがある。あの時は笑われてしまった。

傷つく。

「それはないです！　ヨータさんはわざわざ体を張って私を助けてくれました。私の自業自得なのに……、とにかく、ヨータさんはいい人です！」

サラはまったく臆する様子もなく、耳が痒《かゆ》くなるようなことを熱弁し始める。

「じゃ、じゃあもう着いたし登録しに行こう」

僕はいい加減恥ずかしくなって、そこで話を切り上げると、さっさと本部の中に入るのだった。

❖

「パーティーを抜けたぁ⁉」

はい、二度目。ありがとうございました。

僕がライオルたちのパーティーを抜けたことはやはりというか、ここでも驚かれた。あまり触れられるのも嫌なのでさっさと本題を切り出す。

「この子とパーティー登録をしたいです」

そう言って横に一緒に立っているサラを指す。ちらりと視線をそちらに向けると、彼女のさらさらな金髪のストレートヘアーが見えた。

「なんですか？」

「いや、なんでもないよ」

しばらく見つめていると、彼女がこちらを向いてそう聞いてきた。彼女の綺麗《きれい》な翡翠《ひすい》色の瞳が目に入り、慌てて視線を前に戻した。

惚《ほ》れたとか、見とれたとか、そういうわけじゃない。

ただ、サラの目を見ていたら探索者になりたての時を思い出して、少し嫌な気持ちになってしまったから。

「え⁉　この子と⁉」

ギルド本部職員がこれまた驚きの声を上げる。ギルドの連中は少しオーバーリアクションすぎないだろうか。

「不都合がありますか?」

「不都合というか、なんというか……あなた特級探索者でしょう? この子は昨日登録しに来たばかりですよ?」

これにはサラも驚いていた。僕が一応特級であることは知らなかったようだ。彼女は登録したばかりだから三級探索者。僕とのランク差はかなりあった。

「ヨータさんはそんなにすごい人だったんですか⁉ ……やっぱり私とパーティーを組むのは——」

「いや、すごくないよ。特級なんて肩書きだけだ。強い仲間がいたから」

「でも、やっぱり特級探索者になっているからにはベテランの方なんですよね? 新人の私なんかじゃ足手まといに……」

僕が特級であることを知り急に萎縮して、そんなことを言い出すサラ。僕は少し語気を強めて彼女の言葉を遮る。

「ならない、保証する。それに僕のレベルはたった5だ。君ならすぐに追いつく」

「でも」

「組みたいと言ったのは君の方。僕はそれを承諾した、それでいいでしょ」

「はっ、はい!」

そこまで言って、僕は心の中で頭を抱えた。

なんだか僕の方が必死な感じになってしまった……傍《はた》から見たら気持ち悪く映ったかもしれない。

情けない。

受付の方へ向き直る。

「それでは、パーティー登録をお願いします」

「……はい、了承いたしました」

ギルド職員が登録用紙を持ってくる。そこに僕たちの名前と必要事項を書き込めば登録完了だ。

あとはギルド側で処理をしてくれる。

パーティー名を聞かれたので、僕はサラに任せた。というより丸投げした。

サラは難しい顔をして、うんうん唸《うな》って考え込む。

五分ほどもして、ようやく思いついたらしく、ぱっと顔を上げてそれを用紙に書き込むのだった。

✣

登録が済んでギルドを出ると、もう夕暮れ時だった。西の空が茜《あかね》色に輝き、迷宮街の街並みを淡く照らしている。

と、オレンジ色に照らされた通りをサラと歩いていて、唐突に宿のことを思い出す。

僕は追い出された身だ。どこかで宿を取らなければいけなかった。

「もう夕方だね。君は宿取ってる？」

「はい！」

サラに聞くと、彼女は元気よく笑顔で答えた。

「僕はまだ取ってないからこれから探してくるよ。今日はもう解散にしようか。明日の朝本部前集合でどう？」

「はい、問題ないです！」

サラは元気よく答える。

「じゃあ、また明日ね」

宿を探すとは言っても、迷宮からあまり遠い所は嫌だ。

ならどこへ行くのかという話になるのだが、僕の頭の中に浮かんだ場所は一つのみだった。

「……謝らなきゃな」

そんな独り言を呟きつつ、ハザクラ亭への道を進む。

うわの空といった体で、遠くを眺めながら歩いていると、後ろから声をかけられた。

「誰に謝るんですか？」

「そりゃナギサさんに……、え？」

振り返ると、そこにはさっき別れたはずのサラがいた。

「……なんでついてきてるの？」

「えっと、私この先のヨザクラ亭って場所に宿を取っていて」

僕が目を丸くしながら聞くと彼女はそう答えた。

なるほど。

「それじゃあ一緒なんだ。僕もヨザクラ亭に宿を取るつもりなんだ」

「そうなんですか！　じゃあ一緒に行きましょう！」

サラは僕の言葉を聞いて嬉しそうに僕の横まで駆けてきて、隣を歩き始める。年相応の無邪気な姿が可愛《かわい》らしい。

「サラは、好きな食べ物とかある？」

「ボア肉の串焼きとかですね！」

へぇ、意外。

僕とサラは様々な屋台が軒を連ねる通りを、雑談をしながら通り過ぎる。辺りには様々な料理の芳香が漂っていた。

「じゃあ屋台で買ってく？　ボア肉は安いし、奢《おご》るよ」

「いえ、初対面の人に、そこまでお世話になるわけには！」

僕はそう提案する。だけど、サラには行儀よく丁寧に断られてしまった。

「あ、着きましたね！」

「うん……」

そうこうしているうちに、ヨザクラ亭の前まで来てしまった。僕は少し入るのを躊躇《ちゅうちょ》するが、そんなことをしていてもどうにもならないので意を決して中に入った。

「いらっしゃーい！　……あっ」

ナギサさんはいつものように爽やかに出迎えてくれたのだが、……だが、僕に気づくと途端に黙り込んで固まってしまった。

僕たちの周りにはなんともいえない微妙な空気が流れる。気まずい。

「「あの」」

流れを断ち切ろうと自分の方から喋ろうとしたのだが、ナギサさんも同様に喋ろうとしたようで、声が重なってしまった。

「……そちらからどうぞ」

ナギサさんにそう言われ、少し考えて、僕はその言葉に素直に甘えることにした。

「この間は本当にすみません。完全に僕の八つ当たりでした……その、」

思うように言葉が出てこない。こんなものでは謝罪とは言えない。

そう思ったが、ナギサさんはなんだか慌てた様子で、手をわたわたと振りながら謝り返されてしまった。

「いやいや、ヨータくんは悪くないよ！　私の方が無神経だったから！　なんか、ごめんね？」

「いえ、親切心で言ってくれていたのはわかっています。そんな気にしないでください。悪いのは僕ですから」

「でも……」

「まぁまぁ」

謝り合っているうちに、おかしな雰囲気になってきて、思わず口元がほころぶ。ナギサさんもいつもの笑顔に戻っていた。

先ほどまでの気まずさもなくなったところで、僕は本題を切り出した。

「ところで、宿を取りたいんですが部屋はありますか？」

そう聞くと、ナギサさんは申し訳なさそうに首を横に振った。

「あいにく昨日から混んでて、もう空いてないの。ごめんね？」

なんということだ。この宿は街でもかなり大きいから、そうそう満員になるはずがないと思っていたのだが、見通しが甘かったようだ。

「昨日まではいっぱい空き部屋あったんだけどね。本当にごめんなさい！」

ぱんっ、と両手を合わせて謝ってくるナギサさん。前かがみになったことで彼女の大きな胸が強調され、思わずそちらに視線が行く。

数秒ほどガン見してから、はっとして目を逸らす。ナギサさんは特に気づいた様子はない。

「そうですか、残念です。今日は別の宿を取ることに……」

「私の取った部屋は一応二人部屋ですよ！」

別の宿を探そうと回れ右をしようとすると、サラが唐突にそう言った。

彼女の言葉に振り向くと、彼女は少し頬を染め、モジモジした様子で申し出た。

「その、一緒の部屋でもいいなら……相部屋にしませんか？」

「いや、それは」

さすがによくない。

今日が初対面なのに。

「……」

ナギサさんは特に気にしていない様子でニコニコしている。僕が黙っていると、彼女はふと何かを思い出したように人差し指を立てて言った。

「そういえば、さ、ヨータくんお金ないんじゃなかった?」

あ。

「じゃあ野宿で」

迷宮で集めた素材は明日換金すればいいし……。

「料金も二人分払っちゃってますし、もったいないので」

サラが眉を下げてそう言った。ナギサさんもうんうん頷《うなず》いてる。

「そういう問題じゃ……」

「ダメ、ですか?」

はい。

幕間一 パーティー崩壊への道

「……おい、準備できたか？　これから三日間迷宮に潜る、気を引き締めろ」

ライオルは迷宮の入り口で、仲間たちにそう確認をとった。その言葉にガレとミーナは肯定の意を示す。

「……ああ」

「言われなくったってわかってるってのー。ライオルしつこいよね」

ガレは相変わらずの無口で、ミーナは面倒くさそうに答える。

「……」

「おい！　ミカ、聞こえているのか」

だが、ミカからは反応が返ってこなかったため、ライオルは彼女を怒鳴りつける。ミカはしぶしぶといった様子で、ポツリ、と返事をした。

「……わかったわよ」

彼女はだいぶやつれていて、少し痩せたようにも見える。目元には隈《くま》ができていた。綺麗な紅蓮の髪の毛にも、心なしかツヤがない。

未《いま》だ落ち込むミカを見て、ミーナは文句を言う。

「ふん、いつまで被害者ぶってんだか。自分が追い出されたわけでもないのに」

ミーナは彼女の態度が気に入らなかった。だから彼女はミカを軽く睨めつけながら、少し馬鹿にするように言った。

「いつまでそんなアピール続けてるつもりぃ？　そんなにヨータが好きなら一緒についていけばよかったのに」

「いいや、それはだめだ」

ミーナがそう言うと、何故か、ライオルがそれを否定した。ミーナは彼の反応に不満を感じ、聞き返す。

「はぁ？　ライオル何言ってんの」

「だめだと言っている」

ライオルは整った表情を一切変えぬまま、先ほどの言葉を繰り返す。

ミーナはライオルのその態度に怒りを覚え、声を荒らげる。

彼女は猫のような切れ長の目を吊《つ》り上げて、ショートカットにした茶髪を振り乱しながら、ライオルに詰め寄ると、胸ぐらを摑んだ。

「なんでよ！　いつまでもあんなクソみたいな態度見せられるこっちの気持ちにもなってほしいんですけど……大体、ライオルと役割被ってるし別にいなくても困らないっしょ」

ライオルは目に少しかかった青い前髪を手で退《の》けながら簡潔に理由を述べた。

「ミカは大事な火力要員だ。いて困ることなんてないし、外れることは許さない」

「はぁ!?　意味わかんな……」

ミーナはそれでも不服なようで、そう吐き捨てるように言った。

ライオルは彼女の反応に思うところがあったのか、そのまま離れていこうとする彼女を引き止め、少し語気を強めて言う。

「ミーナ、リーダーは俺だ」

「わかってるってば」

もう聞きたくないとばかりに耳を塞ぐミーナ。そんな彼女をライオルは軽く一瞥すると、そのまま荷物を持ち上げ、ギルド職員が待機している受付の方へ向かう。

探索者証を見せ、戻ってくると言った。

「とにかくそういうことだ。出発するぞ」

こうして彼らはクエストに出発すると、すぐに依頼内容の確認を行う。

「今回はトリコロール・ドラグーンの討伐だ。もう何度もやってるからわかると思うが、いつもどおりそれぞれの首の動きに気をつけろよ」

「あれねー、なんで首の色がそれぞれ違うんだろ？　気持ち悪いよね」

トリコロール・ドラグーンは簡潔に言うと三つ首のドラゴンだ。それぞれの首の色が違うのが特徴である。左から青、白、赤の色だと決まっていて、何故首の色が違うのかについてはまだわかっていない。

強いのは、確かだ。

ライオルはミーナに聞かれたが、興味なさげに適当に答える。

「さぁな」

「……ライオルってノリ悪いよね」

「……おい、敵だ」

ミーナが半目になってズンズン前を進んでいくライオルを見つめていると、今まで黙っていたガレが喋った。

「「！」」

どうやら彼は敵を察知したらしい。ガレは盾槍士スキルの他に、探知系スキルを持っている。今まで黙っていたミカも含め、全員で素早く戦闘態勢に入る。

しばらくその場で待ち構えていると、暗がりから出てきたのはゴブリンの集団だった。

しかし、その全ての個体が普通のゴブリンより一回り大きい。

それだけでなく、筋肉もよく発達している。

どうやらこれはゴブリンではなく、ハイゴブリンという、ゴブリンの上位種のようだ。

「いつものハイゴブリンか、楽勝だ」

「ちゃちゃっと終わらせて休憩しよ！」

ライオルは相変わらず顔色ひとつ変えず、自らの得物を抜き放つ。ミーナもまったく緊張はしていない様子で、杖《つえ》をブンブン振りながらストレッチを始めた。

「グギャッ、ゲギェ！」

ハイゴブリンたちが雄叫《おたけ》びを上げながら襲いかかってくる。

「ハッ！　セェッ‼」

ライオルはその中に突っ込み、激しい剣戟《けんげき》を繰り出す。一振りで複数のハイゴブリンを薙ぎ倒しながら、確実に殲滅《せんめつ》していった。

そうしているうちに、ミーナの準備が終わったようで、杖を天に向けてかかげると、魔法を放った。

「魔法行っきまーす！　気をつけてねー」

そう言ったミーナの杖の先から出たのは、火の攻撃魔法だった。勢いよく射出された火球は、先頭にいた集団をことごとく焼き払う。

——爆炎。

レベル9の彼女の攻撃魔法は、そう形容する他ないほどに絶大な威力だった。

「……ふっ！」

ミカも鮮やかな剣さばきで、次々とハイゴブリンたちを斬り伏せていく。

彼女が剣を振るうたびにハイゴブリンの血が線となって宙を舞った。

「……」

ガレも、自慢の盾と槍で身を守りながら応戦する。彼が槍を突くたびにハイゴブリンが一匹、また一匹と倒れていく。

さすがは特級探索者パーティーである。

この程度の相手では、苦にもならない。彼らの戦いぶりを見れば誰もがそう思っただろう。

しかし、彼らはまだ気づいていなかった。ヨータを追い出したことが、どれほど愚かな選択だったのかを。

「いっ」

ミカが躓《つまず》き体勢を崩す。彼女が咄嗟《とっさ》に押さえた左足からは、血が流れ出していた。

ハイゴブリンの攻撃が当たってしまったのだ。

「おい、ミカ！　どうした……っ!?」

ライオルがミカに気を取られ、目の前から視線を外した途端にハイゴブリンが飛びついてきた。ライオルは咄嗟に避けようと飛び退こうとするが、間に合わない。

だが、ガレが横から槍を突き入れたことで、ハイゴブリンの攻撃がライオルに当たることはなかった。

横腹を貫かれたハイゴブリンは苦しげなうめき声を上げると、あっさり絶命した。

ハイゴブリンは今の一匹が最後だったようで、先ほどいた群れのその全てが地に伏せっていた。

それを確認したライオルが、ミカに駆け寄る。

「おい、大丈夫か」

「……別に、大丈夫だから」

ミカはライオルの問いに傷口を押さえ、唇を噛《か》みながらそう答えた。

「ちょっと、何やってんのミカ！　ライオルが怪我したらどーするつもり!?」

ガレとミーナも寄ってくる。ミーナは険悪な表情でミカを糾弾する。

「あんたが怪我したせいでライオルまで危なかったじゃん！　さすがにボケっとしすぎでしょ」

「ミーナ、ちょっと黙れ」

「なんで？　ミカのせいでライオルが……！」

「いいから黙っていろ」

ライオルがミーナを制止する。

そして、ミカの肩を抱えると、立ち上がった。

「休憩だ、手当てしよう。少し深いみたいだ」

そう言って部屋状になっている通路の方へ向かう。それを見ていたミーナは軽く舌打ちをするのだった。

ライオルは壁を背にしてミカを座らせると、ケガをした箇所に、すぐさまポーションをかける。が、傷口が治ることはなかった。

「……治らないな」

ガレがボソリと口を開く。

「なんでポーションで傷が治らないのよ?」

苛立ったミーナがミカに向かって聞く。ミカが答えようとする前に、ライオルが答えた。

「毒だ。かなり弱いが」

先ほど斬りつけてきたゴブリンの刃先には、なんと毒が使われていたようだ。

ライオルは少し考えてから、とりあえず包帯をミカの足に巻いた。

「おそらく傷口が塞がるのを阻害する毒だろう。毒はポーションじゃ解毒できない」

「そういや毒になんてかかったことないから持ってきてなかったね。解毒剤」

「ああ、だから帰ってから解毒は行う。幸い致死毒ではないようだから安心しろ。時間が経てば抜けるだろうし、このままでも大丈夫だろう」

ライオルがそう言うと、ミーナは安心したようにため息をついた。そしてあぐらをかくと、弾んだ声で話し始める。

「はーあ、ミカが失敗なんかするからどうなるかと思ったよ。……そういえばさ、ヨータなんかいなくてもやっていけてるじゃん。やっぱり追い出して正解だったね」

ミーナがそう同意を求めるようにライオルに話しかける。

「ああ、あれがいかに穀《ご》潰《く》しのクズだったことか。本当にせいせいする」

ライオルもヨータのことを口汚く罵る。

違う。そんなはずはない。ヨータは少なくとも足を引っ張っていたことはなかったのだ。ライオルたちは勘違いしている。

そうミカは思うのだったが、口では言い出せなかった。

ヨータが追い出された後、ミカは必死に説得しようとした。

けれども、彼らは聞く耳を持ってはくれなかった。何を言っても無駄なのだ。

今回の怪我はミカの不注意でもあるが、避けられなかった原因は、他にもあった。今の自分たちには、今まであったヨータの支援魔法がない。

ミカは思うように動けていなかった。

ライオルも、先ほど不覚を取られた時、本来なら反撃できていた。支援魔法がなかったから、いつもの動きができていないのだ。

毒にかからなかったのも、もしかしたらヨータの支援魔法のおかげだったかもしれない。ミカは半ば確信していた。

……ヨータは無能なんかじゃない。

「ふん、今日はもうここで休むか。明日には深層に着くだろうからな」

「はーい」

ライオルとミーナはそんな会話をして、さっさと寝袋に潜り込んだ。

ミカはガレと二人きりになる。ガレとはしばらく無言で向かい合っていたのだが、ガレの方からミカに話しかけた。

「……傷は大丈夫か」

「うん」

「……ならいい、しっかり休め」

何故、ヨータにその感情は向けられないのか。

ミカは考えた。

ヨータは、仲間だったはずなのに。それなのに……。

一体、いつからおかしくなってしまったのだろう?

「……ごめん、おやすみ」

彼女がいくら考えたところで、答えが出ることは、なかった。

第二章 新人少女と支援魔導士

あの後、結局僕はサラの好意に甘えることになってしまった。

女の子から可愛らしくお願いされてしまっては断れなかった。

我ながら実にヘタレだ。

「ヨータさんが謝りたかった相手ってナギサさんのことだったんですね！」

サラは元気よく話を振ってくる。

「……うん」

「ナギサさんすごく綺麗で、優しくて、とっても素敵だと思います！」

「……ああ」

「私もナギサさんみたいになりたいなぁ……って聞いてます？」

「……うん」

そういったわけで僕は今サラが借りている部屋にいた。シンプルな内装で特筆すべき点はあまりない。

現在、その部屋で真ん中に据え置かれた純白のキングサイズベッドに僕は腰を下ろしている。

……キングサイズベッドが一つだ。

もう一度言おう。この部屋にはベッドが一つだ。

僕は半ば放心状態だった。隣でサラが何か言っている気がするけど何も聞こえていない。

ああ、聞こえない。何も聞こえない。

やましいことがあるわけではない。下心があったわけでもない。

特に何かあるわけではないのだ。

そう、何もない。何も――

「ヨータさん！ ヨータさん‼」

「はっ！ 僕はワカメ⁉」

サラに大声で呼ばれて、現実に呼び戻される。彼女の方を向くと、少しむっとした様子のサラが僕の顔を覗き込んでくる。

「どうしたんですか、どこか具合でも悪いんですか？ ワカメ食べたいんですか？」

「いや、ワカメはいい」

落ち着け僕。ただ二人部屋がツインベッドだと勝手に思い込んでいた自分が悪いんだ。

「一週間も迷宮にいたんですもんね。疲れましたよね」

違うんですよ。

すっかり心が汚れてしまった僕には、彼女がとても眩《まぶ》しく見えた。

サラは僕を心配そうな顔で眺めていたかと思うと、何か思い出したように顔を輝かせる。

そして彼女はこう、提案してくるのだった。

「そういえば、この部屋にはお風呂があるんです！ お風呂に浸かって、体が冷めないうちに寝れば、きっと疲れも取れますよ」

お風呂か、そういえば実感はないけどしばらく入ってないや。

ってことは……。

「あっ」

今更その事実に気づき焦り始める僕。今の僕はもしかして、……臭う？

「もうお湯は張ってありますから、お先にどうぞ！」

純真無垢《むく》な笑顔でそう促される。先に？

「ごめん、ちょっと待って」

躊躇する僕をサラはニコニコ眺めているだけだ。

待て、お先にってことは彼女も入るってことか？　いや、彼女がこの部屋を借りているのだ。むしろ入っていない方がおかしい。

僕が先に入っていいのか。

ダメだ。今の僕は老廃物の塊。

先に入ってしまえばお湯なんか一瞬で汚れてしまう。

「いや、ここは部屋主の君が先に入るべきだ。年下の子に何から何まで融通してもらうなんて、情けなさすぎるよ」

僕がきっぱりそう断ると、サラはそのぱっちりした愛らしい目をぱちくり瞬かせて、満面の笑顔になる。

「そうですか？　ならお先に入らせてもらいますね！　ヨータさんもちゃんと入ってくださいね！」

「そういえばサラって」

「？　なんですか？」

僕の声にサラは首を傾《かし》げ立ち止まる。

不思議そうな顔をして振り向いたサラに、僕は疑問をぶつけた。

「サラって今何歳？」

彼女は僕の質問にああ、と得心がいったように頷くと、快く応えてくれた。

「年ですか？　私は一四歳ですよ！　……では！」

年下だった。

彼女はトトト、と軽やかな足音を立てて浴室へと消えていった。

部屋には僕のみが取り残される。

「……」

しばらくサラが去っていった方を見つめて……頭を抱えた。

年下の子にタカるベテラン探索者（笑）の図。

ダサい、ダサすぎる。

その上、ベッドが一つしかない部屋で二人きり。

壁一枚向こうで女の子がお風呂に入っている。

いや、何を考えているんだ僕は。

彼女の厚意で今晩は泊めてもらっているだけだ。

他意はない。

ないのだ。

「……情けない」

僕は一人ベッドに腰掛け、項垂《うなだ》れた。

❖

僕が悶々《もんもん》としながらサラが戻ってくるのを待っていると、三〇分ほどして彼女が戻ってきた。女の子は長湯をするものだと思っていたけど、そうでもないのだろうか？

お湯上がりでさっぱりした様子の彼女からは、湯気が立ち上っていた。

「ヨータさーん！　お風呂上がりました！　次、どうぞ」

しっとりとした髪の毛を手ですきながらこっちへと向かってくる彼女の姿は――

裸だった。

「ブッハェッハァ!!」

僕の鼻から鮮血が吹き出た。慌てて鼻を押さえ、そっぽを向く。

全裸、生まれたままの姿。一糸纏わぬその裸体に、僕の毛細血管は耐えられなかったようだ。控えめだが、ふっくらとした双丘に、腰までなだらかな曲線を描いている胴体にはしっかりとくびれがある。ほっそりした手足はすらっと伸びていて、とても魅力的であった。

「わ！　大丈夫ですか!?」

「服！　服着て！」

僕は必死に溢れる鼻血を押さえながら彼女に言った。すると、彼女は自分の今の状態にょう

やく気づいたのか急に顔を真っ赤にして慌て出す。

「あっ！　えっ？　わわわ……」

彼女は胸を隠してしゃがみ込む。しかし、細い腕では全てを隠しきれず……って何ガン見してるんだ。

「すみません、忘れてました……」

しゃがんだまま頬を染め上目遣いで彼女はそう言ってくる。

忘れてたって。今日初めて会った時から思っていたけど、彼女はやっぱり抜けてるとこがあるな。

「いつも、一人だったので……そのお風呂上がった後って暑いので、それで、その」

「説明しなくて良いから！」

しゃがみ込んだまま弁明を始める彼女の言葉を、僕は慌てて遮る。

この子、実はわざとやっているんじゃないか？

「はっ、すみません！」

「とにかく服！」

ようやく彼女は動き出すと、僕に背を向け、その小ぶりなお尻をフリフリと揺らしながら洗面台の方へと駆け戻っていった。

「お恥ずかしい限りです。見苦しいところを見せちゃいました」

ようやく服を一枚、上から羽織った彼女がそう恥ずかしげに謝ってきた。

「気にしてない。断じて気にしてないからね」

僕はそう自分に言い聞かせるので精いっぱいだった。この子は無防備すぎる。

ライオルたちの元ではこんなことは一切なかった。

拠点の部屋は分かれていたし、何よりミカたちのガードが堅かった。したがって、僕はこういったものに耐性がまったくないのだった。

「えっと、お湯が冷めないうちにどうぞ」

「う、うんじゃあ、行ってくるね」

サラがそうおずおずと申し出てくる。僕としては早くこの場を離れてしまいたかったので、素直に承諾するとそそくさと浴室へと向かう。

「……」

洗面所まで来た僕は汗で煮染めた服を全て脱ぎ、浴室に入る。すると、彼女が使ったであろう石鹸《せっけん》の芳香が漂ってきた。

なんの香りかは詳しくないからわからないけど、いい匂いだ。

ここをさっきまで彼女が使っていたのか。

と、また変な思考に陥りかけて——なんとか踏みとどまる。

「煩悩、退散！」

などと訳のわからない言葉を叫びつつ、僕は思いっきり自分の頬を叩《たた》いた。

——落ち着け！

僕はそれらを無理やり頭の片隅に追いやると、自分の体を洗い始める。

案の定、体の汚れはすごいもので、先ほどの出来事もあり、汗と垢《あか》まみれですごく心地が悪い。

僕は念入りに各所を洗っていく。

「……ふぅ」

頭を洗い、さっぱりしたところで今度はまだ洗っていない所、……体の下の方に手を伸ばした瞬間。

……ガチャ！

そんな音がして浴室の扉が開く。

「ヨータさん、何か、あったんですか？」

おそるおそるといった感じで覗き込んできたのは、サラだった。

「え、どうしたの⁉ 僕はどうもしてないけど……ちょ、閉めて閉めて」

おそらく僕の奇声を聞いて心配になってきたのだろう。優しい子だ。

でも今はまじで勘弁してください。

「あ、またしてもすみません！」

ブツに手を添え、変な体勢でしゃがみ込んでいる僕を見て色白の顔を一気に朱に染めた彼女は慌てて扉を閉める。

少しの沈黙の後、扉越しにまた、サラは話しかけてきた。

「ヨータさんが変な声で叫んでいたので何かあったのかと……」

「ああ、それね。なんでもないよ」

やっぱりね。いい加減羞恥だけで死ねそうだ。

「早とちりでした……」

「とにかく、大丈夫だから気にしないで」

元はと言えば僕が奇声を上げたせいだし。自業自得だ。

「なら、よかったです」

僕が気にしないよう伝えると、彼女は安心したようでゆっくりと部屋の方に戻っていった。

僕は深く息を吐くと、体についた泡を洗い流し、ようやく、ゆっくりとお湯に浸かることができた。

……途中でお湯に関して変な想像もしたりしたが、なんとか抑え込んだ。

まったく、ここ数日生きた心地がしない。


湯から上がると、自分の少ない荷物から着替えを取り出す。シンプルなシャツとズボンをはくと、洗面所から出た。

部屋に戻ると、サラはすでにベッドに横になっていた。近づいて確認すると、もう寝てしまっているようだ。

「サラさーん、寝てます……?」

「……すぴ」

一応声をかけてみたが、返ってきた返事は小さないびきだ。完璧に寝てらっしゃる。

寝るのはや。

「さて、どうしよう」

僕は動揺する。

ここで問題が発生した。この場合、僕はどこで寝るのが正解なのか。

部屋にはベッド以外には小さな椅子二つと、テーブルくらいしかない。

サラが寝るベッドにはちょうど人一人分のスペースがここに寝てくださいとばかりにしっかり空いている。

「羽織るものでもあれば、いいんだけど」

辺りを見回す。

余分な毛布だとか、そういうのは備え付けられていないようだ。

ベッド以外の選択肢は床で寝ることくらいだ。

「迷うな……」

一週間も迷宮にいたのだ。まともなベッドで寝たい。

しかし、出会って間もない年下の少女とその日のうちに同じベッドで寝るというのは、もう字面だけで問題しかない。

さぁ、どうする。

行くか、行くまいか。

「……よし」

数分の葛藤の末、欲求が勝った僕は、試しに彼女の横に潜り込んでみることにするのだった。

僕が膝をベッドの端にかけると、軽く軋《きし》む音がした。

ただ横になろうとしているだけなのに、心拍数が上がる。

サラが起きてしまわないか、そんなことばかりが気になって、変な汗が滲み出てきた。

「ふぅ」

どうにか横になることに成功すると、とりあえず彼女に背を向ける。

なんかいろいろと恥ずかしいやらなんやらでとてもじゃないが直視などできなかった。

横になったはいいけど心が落ち着かない。

「寝られない」

床で寝た方がマシだったかも。早くも後悔する。

「こう？　それともこうか」

もぞ、もぞ。

「いや、違うな……無理だ」

ギシ、ギシ。

寝る姿勢を変えてみたり、足を伸ばしてみたり、縮こまってみたり。

挙動不審にもぞもぞしていると、その拍子にサラが起きてしまった。

「んぅ……あ、ヨータさん」

「うわっ」

思わずビクッと肩が跳ね上がる。サラはそんな僕には構わず、眠そうで気の抜けた声でなおも話しかけてくる。

「えへへ、寝ちゃってました」

にへら、といった感じの擬音が聞こえてきそうな声で彼女はそう言った。

何この気まずさ。

緊張して振り向けない。

「あ、ああ。疲れたならゆっくり休むといいよ」

彼女だって疲れてるはずだ。

僕がお風呂に入っている短時間の間で寝てしまうくらいなのだから。

「ヨータさんこそちゃんと休まなきゃだめですよ、はい、お布団です」

そう言ってサラは自分が被っていたかけ布団の端をつまむと、僕の方に差し出してきた。

恐る恐る、それを受け取り自分の体を覆うように被った。

(うわー、うわー)

布団はほのかに温かい。

「ヨータさん？　大丈夫ですか？」

その声と共に更に温かいモノが近づいてきた。

「ま、待って！」

「ひゃ、はいっ!?」

僕の緊張は最高潮に達し、堪らずそう口にする。

少し驚いたのか、近づいてきたぬくもりが少し遠ざかった。

この子には警戒心だとか、そういうものがないのだろうか。

「余計なお世話、でしたか？」

僕が怒っている、と思ったのか少し声のトーンを下げて、サラはそう聞いてくる。

僕はそれを慌てて否定する。彼女は別に悪くない。

「いや、違う、そんなことはないよ。ちょっと緊張しちゃって」

「緊張、ですか」

「うん、ちょっとね」

ようやく、少し落ち着けた。

「どうしてですか？」

「それは……」

いろいろ勝手にひとりで妄想して勝手に興奮して勝手に緊張してます。

とは言えず。

「っ……サラはさ、どうして僕とパーティーを組もうと思ったの？」

質問で返して誤魔化した。

だが、知りたいのは事実だ。何故僕なのか。

あの場でしたことといえば格好悪くオークに殴られたことくらいだ。

「……そうですね、うーん」

うまく誤魔化されてくれたサラは、少し考え込むようにして唸った。

「優しそうだったから、でしょうか」

「それだけ？」

優しい、か。

めちゃくちゃ普通な理由、だけど納得はいくかな。

「そうですね。わざわざ体を張って助けてくれるくらいですし、優しいんだろうなぁって」

そうでもない。最初は逃げようと思ったし実際そうした。

「ごめん、僕は優しい人なんかじゃないよ」

少し罪悪感を抱いて、僕は謝る。

「優しいですよ、ヨータさんは」

「そんなことない、逃げようとしたんだ。本当は」

サラは僕のネガティブな言葉を聞いてなお、僕をそう許してくれる。

僕はついムキになって否定してしまう。

余裕のない人間だ。

ダメな奴。

「本当に逃げるつもりだったら、私がお願いしたところで逃げてますよ。自分から殴られに行く人なんて見たことないです」

ふふ、と彼女は笑う。

「オークさんたちから助けてくれて、その上、見ず知らずの新人とパーティーまで組んでくれて、優しくないわけがないですよ」

「……下心があるとは思わないの？」

「あるんですか？」

「な、ないよ！　とんでもない」

そりゃ、ないけど！　そういうことじゃないの！

僕だって男だし、人並みの欲ってものがあるんだ。

「君は人を信じすぎだ」

「……ずっと何かを疑って生きるのは、辛《つら》いと思います」

「でも！」

思わず振り返って、息が止まった。

彼女の顔が目の前にある。

息遣いがすぐそこで感じられて、彼女がかなり整った顔立ちであることも相まって胸が高鳴る。

改めて近くで彼女の顔を見つめると、やはりかなりの美少女だと思う。

少し幼く見える部分もあるが、すっと通った鼻、形のいい唇、眉。ふっくらとした頬など可愛らしさを全て彼女は兼ね備えていた。

今にもくっついてしまいそうな距離感に、僕の口から掠れた声が漏れて――

「――ぁ」

「……すぴ」

寝てるし！

本当に疲れているようだ。

やっぱり、彼女は本当に危機感が足りないと思う。

「辛い？　当たり前だろ」

僕は唇を噛みしめる。

「でも、無理なんだ」

彼女の静かな寝息を聞きながら、僕は感傷に浸った。

と、

「うみゅぅ……」

ひしっ
「へっ⁉」

サラが急に抱きついてきた。

突然の柔らかい感触に落ち着きかけてた僕の心臓は再び激しく脈打ち始めた。

あ、あたって、あたって……！

（うわっ、ちょ、まっ）

むギューッ
「むり！　無理だから勘弁して‼」

僕はベッドから飛び起きるとサラを器用に避けてベッドから転がり出る。

「うぉおぉぉぉぉぉぉ、煩悩退散煩悩退散煩悩退散……」

そしてその場で腕立て伏せを始めるのだった。


その頃、迷宮では、ライオルたちのパーティーがキャンプをしていた。

ミカ以外のメンバーは皆寝静まっている。

「……元気にしてるかな」

ミカは静かに焚《た》き火を眺め、おそらく、地上のどこかにいるであろうヨータに思いを馳《は》せた。

✣

「はぁっ、はぁっ……はっ、はぁっ、ふぅぅ……」

気づけば夜が明けていた。部屋に取り付けられた窓からは眩しい朝日が差し込んできている。

心地のいい朝だ。

僕はまったく心地よくないが。

もう腕の感覚がない。

それに、せっかく風呂に入ったというのに、体中汗でびしょびしょだった。

結局、寝ることはできなかった。

「……耐えきった」

しかし、迫り来る本能から一晩中逃げ続け、ついぞ逃げきることに成功したのだ。

僕は謎の達成感に身を委ねる。

僕は、やりきったのだ！

その場に突っ伏して、ひんやりとした床に体を押し付けるように大の字に転がる。

「んんっ」

と、横のベッドに寝ていたサラが目を覚ましたようだ。

まだ眠そうな瞳を軽く擦って辺りを見回している。

「あっ、おはようございますっ⁉」

やがて、ベッドの横で床に突っ伏す僕を見つけ、挨拶を口にしたのだが、次の瞬間には目を見開き驚愕の表情になった。

「どうしたんですか、すごい汗ですよ!?」

眠気など吹っ飛んだかのようにベッドから飛び出ると、慌てた様子で僕の元まで駆け寄ってくる。

「おはよ」

僕はそんな彼女に笑いかけながら挨拶を返した。とりあえず仰向けに体勢を変える。

「……何やってたんですか？」

「筋トレ」

「……」

僕がそう答えると、サラは奇妙なモノを見るような目で僕に視線を送ってくる。

「……筋トレしてたなら、お腹《なか》も空《す》いてますよね！　朝ごはん、食べましょう」

「そうだね」

「じゃあ、早く起きて、行きましょう。ほら！　私も夕べは食べずに寝ちゃったので、お腹ペコペコなんです！」

彼女はこれ以上深くツッコんでくるようなことはせず、目を泳がせつつも、話題を変えた。

若干、引かれている。

僕は心の中で少し泣いた。

「……」

「あれ、どうしたんですか？　早く行きますよ！」

いつまでも起き上がってこない僕に、サラはそう言って急かしてくる。

「ああ、今行くから……あれ？」

僕としても早く食べたいので、立ち上がろうとして、次の瞬間には再び天井を眺めていた。

「腹減った」

視界がぐるぐる回っている。やばい。

「そりゃぁ腹も減りますよ！　ヨータさん最後にご飯食べたのいつなんですか？」

「一週間前」

「何やってるんですか⁉　ご飯も食べずに筋トレなんかしてたら、そりゃあ立てなくもなりますよ！」

そう、一週間前だ。すっかり頭から抜け落ちていた。僕の視界が急にぼやける。もはや思考も定まらない。

極度の空腹感が一気に押し寄せてくる。

「ちょっ、ヨータさん？　ヨータさん、ヨータさーん！」

サラが何か言っているが、声がどんどん遠のいていってうまく聞き取れない。

僕の意識はそこで一旦途切れてしまった。

「ヨータ君、無理しすぎだって！　一週間飲まず食わず、そんな状態なのに徹夜で筋トレとかバカじゃないの⁉」

目が覚めると食堂にいて、僕はナギサさんに説教をされる。

何も言い返せません。はい。

倒れた僕を一生懸命サラが運んできてくれたそうだ。なかなかの絵面だ。

もはや一歩も動けないので座るのさえも彼女に手伝ってもらった。

「ヨータさん、はい、あーん」

「んぐ、ありがとう」

そんな彼女はというと、今も僕にお粥《かゆ》を甲斐甲斐《かいがい》しく食べさせてくれている。

これが両手に花ってやつか。

いや、違うけど。

エネルギー不足で思考力の落ちた頭で変なことを考えながらほとんど味のないお粥を咀嚼《そしゃく》する。

「いきなり固形物なんか食べたら胃がびっくりしちゃうからしばらくだめ！」

なんだか物足りないので少し不満そうにしていたら、また怒られた。

「はい」

「それと、今日一日は絶対安静！　食べ終わったらさっさと休んでね」

「はい」

「……本当にわかってるの？」

「……わかってます」

ナギサさんは半目で睨みつけてくる。僕は軽く目を逸らしながらそれを誤魔化した。

この分だと今日は迷宮に行くことは叶《かな》わなさそうである。

今日は支援魔法スキルの性能をもっと詳しく確認するつもりだったのだが、残念だ。

お粥を全て食べ終わった後は、サラが寝ていたベッドに寝かされる。

一応歩けるようにはなっていたため、さすがに自分の足でそこまで行ったが。

結局一日がしょうもないことで潰れてしまったのだった。

❖

「よし、いける」

一日ベッドで休んでいた僕はすっかり体調が回復していた。予想していた筋肉痛はすぐに治まり、もうピンピンしている。

ステータスが上昇したためか、治りが早くなっている。僕はレベルアップの恩恵をはっきりと感じていた。

「……準備できた？」

僕は隣でせっせと作業をするサラに声をかける。これから迷宮に潜るのだ。

「はい、できました！　今度こそ行きましょう！」

一通り装備し終わった彼女は、立ち上がると目をキラキラさせながらそう言ってくる。

希望に満ち溢れた目だ。眩しい。

「うん、行こう」

僕はこれから彼女との初クエストに臨むつもりだ。

しかし、彼女はおととい登録したばかりの初心者だ。

当然まだレベル1だろうし、そもそも低階層でしか活動できないはずだ。

だから、今日は簡単なクエストしか受けるつもりはない。

部屋を出て鍵を閉めると、僕たちは迷宮に向けて出発するのだった。

と、ギルドに行く前にサラには釘《くぎ》を刺しておくべきことがある。

まだ人通りの少ない通りを二人で歩きながら、僕はサラに話しかけた。

「ねえ、ちょっといい？」

「なんですか、ヨータさん」

サラはにっこり微笑《ほほえ》み返してくれる。いろいろ勘違いしてしまいそうな可愛さだ。

僕は軽く咳《せき》払いして、改めて要件を口にする。

「一応言っとくけど、あんまり僕に期待しないでね」

弱いから。

なんと言ったってゴブリンに勝てるようになって喜んでいた男だ。

さすがになんでもかんでも任せられては困るのだ。

いざという時は自分の身は自分で守ってもらうことになるだろう。

「そんなことないですよ！　期待してますね！」

「……」

勘弁してくれ！

無自覚に上げられるハードルに少しお腹が痛くなる。

半ば勢いで組んだパーティーだ。先輩らしい所を見せられるか、今までの自分も含めて自信がなかった。

「えっと、いろんなクエストがありますね！　どれにしましょうか……」

迷宮に入る前にギルドに寄る。

もちろん、クエストを受けるために。

依頼もなしに迷宮に入るのは原則禁止である。僕みたいに消息不明になったり、他にもいろいろなトラブルのもとになるからだ。

そういった理由でクエストの依頼書が通行許可証の代わりになるのだ。

クエスト依頼はギルドカウンターの横にある巨大な掲示板で見ることができる。

ここには迷宮に関する依頼全てが集められ、張り出されている。他にも街での雑用なども扱っているが、そちらは不人気だ。

報酬もショボい上に、力仕事ばかりだから、効率が悪い。

よっぽど暇で手が空いてない限り受ける奴はいないだろう。

「……君にはこれがちょうどいいんじゃないかな」

「どれですか？」

今日もたくさんのクエストが張り出されていたが、その中からちょうどいいやつを見繕い彼女に提案してみる。

僕が選んだのは、〝ダンジョンワームの討伐〟だ。

しかし、それを彼女に見せると、途端に顔を青くして、ぷるぷると震えながら首を振られて拒否されてしまった。

「私、虫が苦手で……」

とのことだ。

仕方がないので、初心者用クエストとして最も簡単なスライム討伐を選ぶことになった。

ついこの間までそのスライムにすら苦戦していた僕だが、いざ勝てるようになると、欲が出てくるもので……。

「スライム！　いいですね、それにしましょう」

彼女はスライムなら大丈夫らしい。基準が謎だ。

人の好き嫌いと言うのは本当にわからない。

「こちらのクエストですね……これで受注完了です。ご健闘をお祈りします」

「初めてのクエストですね！　二人で頑張りましょう」

掲示板から引っ剝がした依頼用紙をカウンターに持っていき、受注処理をしてもらう。

機械的な激励を受けつつ、これでようやく迷宮に入ることができる。

……いよいよパーティー結成初のクエストだ。僕は気合いを入れ直すと迷宮へと向かうのだった。

❖

「えいっ、とぅっ！　はぁっ！」

彼女の一閃《いっせん》が容赦なくスライムを両断する。

結論から言うと、〝レベルアップ〟によって強化された支援魔法の効果は絶大だった。

サラには先ほどステータスの刻まれている探索者証を見せてもらった。

ちょうど一週間前の僕のステータスと同じくらいだったので、今の彼女のステータスなら本来、スライム程度でも苦戦するはずだ。

しかし、僕の支援魔法でバフをかけたことにより、ステータスが大幅に上がり、本来の彼女の実力を大きく上回った戦闘ができるようになった。

今のサラならきっとゴブリンどころか下級のオーガでも難なく倒せることだろう。

「うん、すごい。この調子だね」

「はいっ！」

僕は彼女が倒したスライムから魔石をひたすら回収する。

もう依頼にある分量は達成していたが、まだ倒し続けているため、すでに初心者とは思えないような報酬額になっている。

日が落ちるまで余裕があるから、まだまだ稼ぐことができそうだ。

サラははしゃぎにはしゃぎまくっている。

「ヨータさん！　すごいですよ！　体が軽いです」

「あんまり調子に乗ってるとケガしちゃうかもよ。気をつけて」

頭を天井にぶつけたりとかね。

「えへへ、すみません」

そう言いながらサラは最後のスライムを華麗に切り裂く。

この階層のスライムはどうやら倒し尽くしたらしい。

再びスライムが現れるまでは一日、二日くらいかかるから、今日はここでおしまい。

僕はサラを自分の元へ呼び戻した。

スライムまみれになった彼女がこちらへと向かってくる。随分と嬉しそうだ。……彼女には帰ったらすぐさまお風呂に入ってもらおう。

スライムの匂いはどうとも言えないが、あまり好きじゃない。

なんというか、そう、青臭いのだ。少なくとも嗅いでいて気持ちのいい匂いじゃない。

「ふふ、楽しかったです」

満足げなサラ。

「うん、それは良かった」

探索者というのは意外と過酷な仕事だ。それを楽しいとまで言えるようなら将来有望だろう。

当然思うように依頼をこなせずにすぐにやめてしまう者も後を絶たない。

僕も、ミカ……たちがいなかったらそっち側の人間だったかもしれない。

「戻ろうか」

「いっぱい稼げましたね！　報酬も楽しみです」

「夕飯はちょっと背伸びしてみる？」

「うーん、今後のためにも貯金します！」

本当にいい子だ。

僕はサラと軽口を叩き合いながら、来た道を引き返し出口へと戻っていく。

「そういえばですけど、やっぱりヨータさんって強いですね！　すごく頼もしかったですよ」

「え、いや僕は魔石拾ってただけだよ？」

褒められたことがなかったので、少し言葉に詰まってしまう。

「ずっとサポートしててくれたじゃないですか……それだけの支援魔法があれば特級でも納得ですね」

「いや、これは……」

「謙遜しなくても～」

違う。

謙遜してるわけじゃない。

「まあ、それでも僕が強いわけじゃないから。ね？」

常に他力に頼るしかない時点でそんなの強さじゃないと僕は思うし、この支援魔法でさえ、自分の力とは……。

「本当にステータスが全部二倍になってるんですね！　さすがです」

サラは探索者証に表示されている現在の自分のステータスを眺めてはしゃいでいる。

「あ、ああ、うん」

サラの僕に対する持ち上げっぷりがすごいよ。

いい加減顔が熱くなってきた。

「まるでレベルが上がったみたいで……」

そう無邪気に喜びながら自分の探索者証を覗き込んでいる彼女サラ。

僕はそれを生暖かい目で眺めていたのだが、彼女が唐突に、

「あっ」

と叫び声を上げる。

「どうしたの？」

不思議に思って、僕がそう聞くと、彼女は寄ってきて自分の探索者証を見せてくる。

本来、他人にステータスを見せる行為は推奨されていないのだが、彼女に見ろと急かされたために思わず覗き込む。

「ええっ!?」

それを見て僕も思わず声を上げてしまった。

「レベルアップ、しました」

サラが神妙な顔つきで言う。

……信じられない。

早すぎる。


迷宮の深部。上も下も、右も左も曖昧な場所にて。

地面、とおぼしき場所から突き出した岩の先端に、座る人影があった。

「ふーん、で？　ソイツ、強かったの？」

「いえ、いかにも底辺冒険者といったふうの見た目、雰囲気でした」

鈴を鳴らしたような高い声が周囲に響き渡った。

「弱そうなのに、攻撃が効かなかったんだ」

岩のちょうど真下、上から見下ろせる位置には二匹のオークが人影に向かって跪《ひざまず》いている。

「アニキの腕力なら普通は大怪我じゃすまねぇ！　なのにあのガキ、まったく動じてなかったし、痛がりもしなかった！　おかしいぜ！」

「おい、お前は丁寧な言葉遣いができないなら黙っていろ！　レウヴィス様、あの男、すさまじい防御力でした」

「その様っていちいちつけるの、まじでやめてほしいんだけどな～」

オークにレウヴィスと呼ばれた女は、心底嫌そうに琥珀《こはく》色の瞳でオークたちを睨めつける。

「レウヴィス様、いかがいたしましょう？」

「ふーん。じゃあさ、試してきてよ」

それでもオークは態度を変えないので、レウヴィスは軽くため息をつくと、投げやりに言った。

「は？」

突然の指示にマヌケな声を漏らすオーク。

「いかがいたしましょうって聞いたじゃん。だから試してきてって言ったの。実際に本気で戦ってみれば実力だってわかるでしょ」

「ご自身では行かれなくてよろしいのですか?」

「それはめんどくさい」

「しかし、強い者と戦いたいと以前からおっしゃっていたではないですか」

「自分から行くのやだ」

「はぁ……」

レウヴィスのやる気のない返答にオークは呆ける。

「アニキィ! やっちまいましょう!」

「ゴンゾ、お前はいい加減うるさい」

「アニキィ……」

「まぁまぁ、喧嘩しないでさ、いっちょお試しってことで! よろしく〜」

そう言って、どこか狂気を孕《はら》んだ獰猛《どうもう》な笑みを浮かべるレウヴィスの頭には、角が一対、生え揃《そろ》っていた。

❖

「レベルアップ、しました」

サラが神妙な顔つきで言った。僕はあまりの驚愕にお口をあんぐりして固まる。

彼女が登録したのは三日前だ。いくらなんでも早すぎだ。

「……えっと、過去どんなに早い人でも最初のレベルアップをするまで二週間はかかってるん

だけど」

「ええ⁉　どういうことですか？」

彼女の記録は、探索者ギルドの最速記録を今、大幅に塗り替えてしまったのだ。

一体どうして……。

いや、どうしても何も、思い当たるフシなんて一つしかない。

支援魔法、それが関係してるとしか考えられない。

僕の支援魔法の効果は全能力を強化するというシンプルなモノだ。

そういえば、ライオルたちのレベルアップも周りに比べてかなり早かった。

ミカだって三週間でレベル2に到達していたし、その記録は歴代二番手だった。レベル9到達に至っては最速である。

今まで僕は戦闘に関する全〝ステータス〟を強化する魔法という認識で自分のスキルを使っていた。

サラは明らかに探索者証にない見えていない部分まで強化されている。

と、いうことは……。

「文字どおり、全能力を強化する……？」

だとしたら、このスキルは。

僕が一週間断食していた状態でしばらく動けていたのも、スキルの恩恵で、総合的な能力が向上していたからなのかもしれない。

支援魔法スキルの効果は約一日で切れるから、ちょうど切れた時にぶっ倒れたというわけだ。

因《ちな》みに筋トレ後の筋力値は10上がっていた。すごい。

「どうしました？」

「うわっ」

思わず考え込んでいた僕の顔を下から覗き込んでくるサラ。その距離感に驚いた僕は叫び声を上げて飛び退く。

「び、びっくりしたな……もう」

……人との距離感というのを後で教えよう。心臓に悪い。

「あの、驚かせちゃいました？　ごめんなさい」

「いや、気にしないで。それより早くレベルアップしたらいい」

眉を下げて謝ってくるサラに、僕はそう提案する。

全能力強化の〝全能力〟の範囲には少なくとも経験値の項目も含まれているということはわかった。

経験値を獲得する能力、なんて屁《へ》理屈みたいなものが能力にカウントされるというのなら、もうなんでもアリに思えてこなくもないが……。

例えば、息をする能力なんてものが強化されていたとして、空気の薄い場所でも余裕で呼吸できます、なんてことが可能になったりして……なんてね。

「ええと、ここを押せばいいんですか？」

「うん、そう。押したら何もせず、待ってるだけでいい」

探索者証のレベルアップの確認欄をタップした彼女の体が淡く光りだす。ごく普通のレベルアップだ。

僕がレベル2に上がるのには半年近くかかったので、正直な話彼女が羨ましくてしょうがない。心の中で密《ひそ》かに嫉妬を募らせながら彼女のレベルアップ処理の完了を待つ。

三〇秒ほどで光が治まると、サラと一緒に彼女の探索者証に新たに表示されたステータスを覗き込んだ。

「わぁ、やった！」

「おめでとう。すごいよサラ」

ようやくレベルアップに実感が持てたようで、飛び跳ねるように喜ぶサラ。僕は自分の初めての時を思い出し、少し微笑ましい気持ちになる。

ステータスの上昇値自体は普通だった。よくわからないが、能力としてカウントされる基準があるのだろう。

「よし、クエストも終わったし、この辺の魔物は倒し尽くしたし、帰ろうか」

「そうですね！」

「レベルアップの報告もついでにしちゃおう。一定の依頼をこなして、レベルも上げると、探索者としての等級が上がるんだ。サラならもしかしたら一発アップかもね」

彼女のレベルアップは、少しの嫉妬はあるけれど僕も嬉しい。だからつい、調子のいいことを口走ってしまう。

「えへへ、さすがに褒めすぎですよヨータさん！　適当言っちゃだめですよ」

そう言いつつもサラの口元のニマニマが止まらない。

二人で笑い合いながら、来た道を戻ろうと、振り返った瞬間、僕とサラは固まった。

(……えっと、もしかして)

(いや、人違いかもしれないよ)

(は、はいっ、そうですよね人違いですよねっ)

(よし、行こうか)

(行きましょう……!)

僕たちはなんとか回避を試みる。ヒソヒソと会話をしながら隣を通り過ぎようとするが……。

「待てぃ!!」

やはり、呼び止められてしまった。

すごく聞き覚えのある声に恐る恐る振り返ると、僕たちの前に立っていたのは……一昨日のオークだった。

人違いじゃなかったよ。

「「……」」

僕たちは二人揃って押し黙る。この期に及んで何かあるのだろうか?

心はチンピラに恐喝される子供だ。

「オ、オークさん、こんにちは……」

サラはあの一件でオークに苦手意識を持っているようだが、ビクビクしながらも律儀に挨拶を返している。

「あぁーん?」

「ごごめんなさいっ」

しかし、鋭い眼光でジロリと睨まれると、すっかり縮こまって、涙目で震えだしてしまった。

……めちゃくちゃ根に持っているようだ。

昨日のでは満足いかず、やっぱり彼女に手を出そうというのだろうか？

サラも悪気があったとかではないし、ここはもう一度僕が体を張るべきだろう。

「あの、まだ何か彼女に用ですか？　もしそうなら僕が代わりに……」

「いいや、今日はお前に用があるんだ」

「へ？」

❖

「なんで僕があなたたちと勝負をしなきゃいけないんですか……」

僕はオークたちの後をついていき、迷宮では珍しい広い部屋状の場所まで連れてこられていた。

用件というのは、僕と勝負をしたい、ということらしい。

……何故だ。

「あー、それはだな。んー、……一昨日殴っただけじゃ鬱憤が晴れなかったんだ！　そういうことだ」

それはさっき否定したじゃん！

明らかに今考えた様子のオークに僕は思わず半目になる。

「……」

「と、とにかく勝負しろ！　嫌とは言わせん！」

「そうだぜ！　アニキの言ったことに拒否権はない！」

「ええ……」

理不尽だ。非紳士的振る舞いだ。

「どうして急にこんなことを？」

「……俺がそうしたいからだ。何度も言わせるな」

怪しい、怪しすぎる。

正直あまり気が進まないけどとりあえずやるしかなさそう。

「わかったよ。やるよ」

「よーし、ルールは先に膝をついた方が負けだ。いいな？　ワザと膝をついたりするなよ？

絶対だぞ？」

オークは僕がやりそうなことを先回りして潰しにきた。

「え、だめなの？」

「だめに決まってんだろーが」

だめらしい。

なら、適当に怪我でもして、満足してもらうか。なんか嫌な予感がするしね。

勝負の内容的にも手加減はしてもらえそうだし。

「手、抜くなよ」

「はい」

手抜きます。

「いざ尋常にぃ！　勝負！」

「やっちまえアニキィ！」

そのかけ声と共に、戦いの火蓋は切られた。

すぐさまアニキと呼ばれているオークは動き出す。

僕は適当にいなせるように様子を窺《うかが》っていたが……。

「ぐっ⁉」

かなりの速度で迫ってくる彼から勢いよく蹴りが繰り出される。予測はできていたのだが僕の今のステータスでは反応しきれずお腹に思いきり食らってしまった。

やばい、全然手加減されてない。

僕は痛みともなんとも言えない激しい苦痛感に顔を歪める。

蹴りを繰り出したオークは苦悶に顔を歪める僕を見て、そんな僕の反応が予想外だったのか驚きの表情に変わる。

「お前、一昨日は傷一つつかなかったのにどういうことだ」

あっ。

「……た、たまたまだよあはは」

「俺は本気で殴ったぞ？」

まずい。一昨日はスキルを使って体を強化していたから、今は手を抜いていることがバレてしまう。

魔物は全部サラが倒していたし、魔力の温存のために今日は自分には支援魔法を使っていない。

「いや、それは」

「……お前、スキルを使ってないな？」

僕は咄嗟に誤魔化そうとしたが、その前にオークに言い当てられてしまった。

「ええ、その、はい……」

このまま誤魔化し続けても無駄だろうことは容易に想像できるのでそれを仕方なく認める。

するとオークは僕の襟首を摑むと僕を睨みつけながら言った。

「使え。本気で戦えと言ったはずだ」

迷宮オークはプライドが高い。かなり怒っている。

僕が全力を出さなかったことを侮辱されたと感じたのだろう。

「……わかりました」

僕がしぶしぶ了承すると、オークはパッと手を離す。

割と高い所から落とされたために、僕は尻もちをついた。

オークは僕から少し離れるとそこで立ち止まりこちらを見ている。どうやら僕がスキルを使うのを待っているらしい。

「どうした、早く使え」

「あのー、やっぱり僕の負けってことで良くないですか？　ほらこんな感じで膝ついちゃったし」

「バカにしてんのか」

「……ですよねー」

立ち上がる途中で僕はオークにそう提案してみる。

納得してくれないかなーって思ったけど、やっぱりだめだった。

これ以上焦《じ》らすとオークたちを本気で怒らせてしまいそうなので、諦めて僕は土に汚れた尻を叩いてそれらを落としながら、自分にスキルをかける。

「!?」

そして先ほどのオークのようにいきなり攻撃を繰り出した。

強化されたステータスを存分に利用し一気に距離を縮め、拳をオークの胸に叩き込む。

ドンッ！

と大きな鈍い音を立ててオークの体が宙に浮く。そのまま壁に向かって吹っ飛び、激突する。

オークは壁に叩きつけられ、そのまま背中を預けながらくずおれる。膝は地面についていた。

「うっぐっ……」

オークは手で胸を押さえ、苦しむようにうずくまる。

ちょっと卑怯《ひきょう》だけど、さっきのは痛かったからね。仕返しだ。

「……大丈夫ですか」

僕はとりあえず手を差し出す。彼はその手を摑むと、ゆっくりと立ち上がった。

「あの、不意打ちしてごめんなさい。まだ続けますか？」

「いや、俺の負けだ」

やっぱり不意打ちはよくなかったと思い、僕はそう提案したのだが、オークはそこで負けを認めた。

僕が理由を聞くと、オークはまだ苦しげな表情で答える。

「俺はあの時油断なんかしていなかった。お前の一挙手一投足見逃さないよう、集中していた」

「つまり？」

「俺の全力でお前に負けたってことだ」

「はぁ……？」

本当、か？

ゴブリンに勝って喜んでるくらいだし、そもそもステータスの上ではまだオークに勝つのは難しいはずだ。

通常、レベル6、7になって初めてオークとタイマン張れる程度のステータスになる。今の僕では微妙に足りないはずだった。

……これも、〝全能力〟強化のおかげだとでもいうのか。

目に見えない部分が明らかに強化されている。

「変なことに付き合わせて悪かったな、お礼……いや勝者の報酬としてなんか欲しいものがあったら持ってきてやろう」

欲しいもの、か。今のところないな。というか今から待ってたら日が暮れるし、これ以上お付き合いを続けたくないし。

勘弁して。

「いえ、特にそういうのはないです。わざわざ報酬なんて……」

「ならわかった。お前たちがこの迷宮で本当に困った時、一回だけ手を貸してやる。おい、そこの女！　お前もだ」

「ひ、ひゃい！」

オークが今まで無言で一連の流れを眺めていたサラに声をかける。彼女はビクリと肩を震わせると、慌てて返事した。若干声が上ずっている。

「とりあえずすっきりした。じゃあな」

「アニキに感謝しろよ？　あと俺にもな！」

「ゴンゾ！　そういうのは実際に借りを返してから言え！」

「す、すまんアニキィ……」

アニキオークはそう言うともう一人のオークを引き連れて、あっさり去っていった。

……なんだったんだ。

僕とサラは二人揃って口を開けて呆けるのだった。

ちなみに迷宮を出たのは結局夕方になってしまった。

❖

――迷宮、中層にて。

「おい、起きろ」

ライオルがみんなにそう声をかける。

まだ寝ていたミーナとガレ、ミカは目を擦りながら起き上がる。

「んー、おはよ。行くの?」

「ああ、そうだ。早く準備しろ」

ミーナがあくびをしながら聞くと、ライオルはそう答えた。

「……」

ガレは黙々と準備を始めている。それを確認するとライオルは今度はミカの方へ近づく。

「ミカ、傷の状態は」

「……歩ける」

「なら、ついてくるだけでいい。クエストは俺たちだけでなんとかする」

「……はい」

気遣う様子を見せるライオルに、ミカは弱々しい返事をした。

❖

「三日⁉」

僕たちは今、レベルアップの報告をしに本部に戻っていた。

受付の女性職員が僕たちの申告に目を見開く。

しかし、僕は全部本当のことしか言っていないので他にどうすることもできない。

「はい、三日です。登録情報の更新をお願いしたいのですが」

「ちょっと待ってください……嘘、本当に三日⁉」

サラの情報が登録されている帳簿を確認して再び驚きを露わにする職員。

そう、三日だ。歴代最速である。

「す、すみません、お聞きしてもよろしいでしょうか？　どのような方法でレベルアップに至るまでの経験値を稼いだのでしょう？」

職員にそう聞かれる。

ここで嘘なんかついてもしょうがない。ありのままを話せばいいだろう。

「サラ、教えてあげて」

「え、はい！　今日一日迷宮でスライムを狩り続けました。……それだけです。その、それで、はい」

「スライム⁉　一体何匹倒したんですか⁉」

「ああ、それなら見た方が早いかと。これが証拠の魔石です」

討伐数を聞かれたので集めてあった魔石の入った袋をカウンターに置いた。

「これ、全部……？」

ドンッ、と重い音を立ててカウンターテーブルに置かれたその袋から魔石が数個こぼれ落ちる。職員はその中の一つを拾って袋と見比べる。

誰が見てもそれが更に数百個以上入っているのは明らかだった。

「一日でこの数をどうやって……」

「……あの、情報更新を」

「あっ、すみません！　こちらの用紙に現在のステータスをご記入ください」

何か言うたびに驚いて固まられては困る。僕は職員が持ってきた用紙をサラに渡して、記入するように言った。

「了解です！　……できました」

「……はい、確かに承りました。他に御用は？」

表面上は落ち着きを取り戻した職員が僕に聞いてきた。

さすがプロだなーと思いつつ、僕もレベルアップをしていたので、その報告をすることを伝えた。

「なら、あなたもこれに……」

そう言って、ありのままそれを書こうとして、躊躇してしまった。

絶対驚くよな。スキルの効果が一〇倍に上昇してるし、ステータスも上がり幅すごいし。

さっきの比じゃないかも。

だが、虚偽申告は規約違反に当たる。もし、嘘がバレれば即刻除名で再登録不可だ。

残念なことに僕は隠す術《すべ》を持っていないし、知識もない。

素人が余計なことをするのは自分の立場を弱くするだけだ。

探索者生命を絶たれてしまうよりはるかにマシなので結局真実を書いて提出するしかないのだった。

「あの、驚いてもあんまり声を「はぁ!?　全能力二倍!?」」

……。

やりやがった。言い含めてから見せるべきだった。周囲の注目が一気にこちらに集まる。

「あの、大きい声は……」

「ちょ、これ嘘の申告じゃないでしょうね!?　ステータス上昇値も三倍近いし、レベルがたった1上がっただけで得られるステータスじゃないわよ！」

「だから、本当だから大声は……」

「ちょっと探索者証を見せなさい！　場合によっては除名処分もありえますよ！」

話を聞いて、くださいよ……。僕泣いちゃうよ……。

これ以上騒がれるのは嫌なのですぐに探索者証を取り出すと彼女に渡す。彼女は僕の探索者証をむしり取るように受け取ると食い入るように見つめた。

「本当にこのステータスなの……？　いくらなんでも、これは」

「ほら、嘘じゃなかったでしょ？　更新をお願いしてもいいですか」

「はい、申し訳ございません……」

そう言って、やっと更新処理を行ってくれた。

更新が終わったのを見届けると、僕は深くため息をつく。今日はいろいろと時間を食ってしまった。

さっきのオークとの決闘といい、早めにクエストを切り上げて正解だったようだ。

「じゃあ、帰ろうか」

「は、はいっ！」

僕がパーティーを抜けた話もかなり広まっているようで、ヒソヒソ周りで話をしているが、先ほどオークと戦った時にかけた魔法のおかげもあって簡単に聞き取ることができた。

特級探索者のパーティーともなればかなり名も知れている。それで目立つのはしょうがないことだと思う。

ただこれ以上目立つのは避けたかったけど。

いろいろ、トラブルのもとになりそうな予感がするから……。

「うん、サラも疲れたと思うし今日は美味《おい》しいモノ食べるのは中止でいい？」

「宿のご飯も美味しいですし、大丈夫ですよ」

そう言って、サラを伴い宿へ戻ろうと振り返った時だった。

「ねぇねぇ、キミ、ちょっといいかな？」

ボーイッシュな若い女性が立っていた。少し青みがかった髪と、金色の瞳、そして何より尖《とが》った耳だ。

一〇代そこそこの少女にも見えるこの女性を僕は知っている。

この人は――。

「なっ、ギルドマスター⁉　どうしてここに！」

このギルドのリーダー、ギルドマスターのアレクだった。彼女は叫んだ受付の職員の方を向き言った。

「カルナ、個人情報の守秘義務。破ったから減給、ボーナスなしね」

「……っ」

彼女の言葉にカルナと呼ばれた職員はしまった、といった顔をする。今更自分がやったことに気づいたのだろう。

「ちょ、ちょっと待って……」

「後でとりあえず説教だよ。奥に行ってて」

「はい……」

ギルドマスターにそう言われた彼女は、しゅん、と肩を落として奥へと消えていった。

ギルマスのアレクは僕の方に向き直ると両手をポンッ、と合わせてニッコリお願いしてきた。

「いやぁ、全能力二倍の支援魔法だって？　よかったらボクに詳しく聞かせてくれないかな」

「嫌です」

「じゃあクビ」

職権乱用だ！

❖

「うーん、二倍ねー。あ、さっきのクビとかは嘘だから。ごめんねー」

「冗談になってないです」

「冷静に考えてそんな乱暴なことできるわけないでしょあはは」

笑えないよ。

ヤバイお方に目をつけられてしまった。僕は現在、ギルマスの執務室で、雑談という名の尋問を受けている。

ははは、どうしてこうなっちゃったのかな？　ほんとにね……。

因みにサラも巻き添えを食らって僕の横でカチコチに固まっている。相手がギルドマスターということもあり、緊張しているようだ。

「いや、実は僕もよくわかっていなくて……」

僕はとりあえず適当にお茶を濁す。推測はついているのだが、正直あまり話したくない。

実はこのギルドマスター、超絶変人ともっぱらの噂《うわさ》なのだ。

いや、女の人なのに男言葉な時点でもうなかなかにおかしいのだが。

この得体の知れない人物に、ペラペラと自分の個人情報を話す気にはなれなかった。

「えー、わかんないのかー。でも、ただステータスを二倍にするだけでも十分強いよね、そのスキル」

それは言うとおりだ。単純にレベルが数段底上げされるようなものなのだ。

今までのものとは違う。他の支援魔法とも違う。

弱いなんて、もう口が裂けても言えないだろう。

「そうですね。いきなりここまでスキルが強くなって僕も困惑してます」

「レベル4の時に登録されてる情報だと、効果はたった一〇パーセント。一体何があったんだい？　それだけでもボクに聞かせてくれないかな」

それを言ったらさらなる質問攻めに遭いそうな予感がビンビンしている。僕はもう早く宿に帰りたくて仕方がなかったため、適当に誤魔化した。

「いえ、普通にレベルアップしたら急にこんなに……」

「そうかー。でもそんなに嫌ならこれ以上聞くのはやめとこうかなー」

　僕が隠し事をしているのは見抜かれてしまったようだ。しかし、僕が嫌がっているのを察したようで、それを追及してくることはなかった。

「まぁ、ボクにとってスキル内容は個人的にすごく興味があるんだけど、それよりも！」

「はい」

「こんな強いスキルなんか持ってたらすごく目立っちゃうよね。少なくとも複数ステータスを上げる支援魔法でここまで効果倍率が高いのは聞いたことないよ」

　すみません、もうとっくに目立っちゃいました。あの受付の職員さんのせいでね。

「……さっきのことはボクから謝るよ。ボクの職員教育がちゃんと行き渡ってなかったからだ。ごめんなさい」

　僕が微妙な表情をしていると、彼女はそう謝ってくれた。

「いえ、もう起こってしまったことなのでどうしようもありませんよ」

　今後、次々とトラブルが舞い込んでくるに違いない。今みたいに。

「いやいや、こんな形の償いしかできないけど、ぜひ受け取ってくれるといいな」

　僕は気にしないように言ったのだが、アレクがおもむろに財布を取り出すと金貨を一〇枚ほど取り出して僕に手渡してきた。

　ギルマスだけあってすごいお金持ちだった。金貨が一〇枚もあれば五年は遊んで暮らせる。それだけの額だ。実は僕が今まで貯金していた額と同じである。思わぬ形で戻ってきたことになるが、なんだか僕は悲しくなるのだった。

「それで、だ。ボクはすごく個人的にキミのスキルに興味があるって言ったよね」

アレクはそう言うと一転して黒い笑みを浮かべる。これはまずい。

「あっ、よ、用事思い出したから帰らないと！　すいませんこの話はまたの機会に……」

とっさに逃げ出そうとソファを立ち上がろうとしたが、アレクにがっしり肩を摑まれて立ち上がることはできなかった。

彼女は向かいに座っているのに、この力は異常だ。

まったく動けない。

「いやー、もっと詳しくお話聞きたいなっ？　明日、明日でもいいからさー、どう？」

「明日も用事が」

「じゃあ来週」

「来週も実は……」

「ねぇ、嘘ついちゃだめだよ？」

「べ、別に嘘じゃ」

「ク、ビ♡」

「ごめんなさい」

に、逃げられないっ!!

この人、実は元特級探索者だ。

数年前に先代からギルドを譲り受けて、ギルドマスターになっている。

新人のうちから迷宮に潜り続けて、あのレベルアップ最速記録を打ち立てたすごい人。

引退するまで一日も欠かさず迷宮に潜り続けていたほどの戦闘狂《すごいお方》だ。

「いいよね？　ね？　お願い！」

「えと、その……はい」

明日どんな目に遭わされるのか、想像に難くない。

「ほんと!?　じゃー明日あさイチで修練場ね！」

「は、はは……」

ほらね。

僕は肩にかかる圧力に屈し結局断ることができず、その頼みを受けることになってしまった。

仕方がなかったんだ。断ろうとするたびに肩に入る力が強くなるんだもん。

今この場で肩を粉々にされるか、明日ボコボコにされるかの二択しかなかった。

この人握力やばいよ……肩潰れそうだよ、ほんとに。

アレクはもはやよだれを垂らしそうになりながら獣のような笑みを浮かべている。普通に美人だからちょっと、いやかなり怖い。

「グフフ、楽しみだなぁ。どれくらいすごいんだろうね？」

やる気満々だ。

僕はがっくりと肩を落としながら、宿へと帰った。

明くる日、僕はギルド本部の近くにある修練場に、朝早くから顔を出していた。

ギルドマスターのアレクは待っていたと言わんばかりのニッコリ笑顔で、すでに入り口で待機している。

「やぁやぁ待っていたよヨータくん！　早速始めようじゃないか」

そう言って僕の肩をバンバン叩いてくるアレク。

いや、バンバンなんて生易しいものではない。

ドパァン！　なんて人体から出てはいけない音が出ている。

「あの、ちょっと痛いんでやめ……でっ⁉」

今は支援魔法をかけていないため僕のステータスは通常時のものだ。真面目な話、骨とか砕けそうだから一刻も早くやめてほしい。

ビキィッ‼

うん、マジで痛い。

「あっ、ごめん、つい」

僕が梅干しを一〇〇個頬張ったような顔をしているのを見て、ようやく気づいたアレクが謝ってきた。

この人は元特級探索者で、レベルは10だ。ちょっとでも力加減を間違えたらヤバイんじゃないだろうか。

今まで普通に日常生活を送れているのが不思議でしょうがない。

「いやー、ごめんね。いろいろ仕事が立て込んでて朝しか時間が取れなかったんだ」

アレクがニカニカと笑顔を貼り付けたままそう言ってくる。

「いえ、早起きはいつも心がけているので大丈夫です」

僕たちは修練場の真ん中までやってきて軽くストレッチをしながら雑談する。

彼女は好き勝手やっているのかと思えば一応仕事はこなしているようだ。

「よーし、じゃあ早速手合わせ願おうか」

「昨日は話が聞きたいって言ってたような……」

「大丈夫だよ。ボクちゃんと手加減できるから」

まったく信用なりません。

さっきできてなかったじゃん。

僕が半目になって彼女を軽く睨むと、僕が何を考えているのかわかったようで慌てて釈明を始める。

「あっ、いやさっきのはちょっとはしゃいじゃって……とにかく、大丈夫だから！　ね？」

はしゃいだって子供か。全然言い訳になってない。

僕の視線に耐えきれなくなったのか、アレクは強引に模擬戦を始めようとする。

「ほら、始めよう？　来ないならボクから行っちゃうよ」

「マジで……気が進まない」

もう早くやりたいとウズウズしている彼女の様子を見て深くため息をつく。そして、彼女と同じように身構えるのだった。

「……武器は？」

彼女は武器を持っていなかった。探索者で武器を持たずに戦う者はほとんどいない。あてはまる職があるとすれば一つしかない。

「キミだって武器なしじゃないか」

「僕は支援職なので……」

短剣くらいは持ってるけど、あまり使ったことがないから、苦手だ。

彼女はおそらく拳闘士だ。武器の類は一切使わず拳だけで戦う。ならば彼女の体の動き全てに警戒せねばならないだろう。

拳闘士の武器は、――全身だ。

「じゃあ、行くよ！」

アレクがそう言うと姿が掻《か》き消えた。予測できない動きに僕の対応が一瞬遅れる。

「ど、どこ!?」

全然見えない。ミカたちでもここまでの動きはできない。

とんでもないバケモノだ。

「やっほー、ここだよー」

「……っ」

僕が彼女の姿をキョロキョロと探していると、後ろから声が聞こえる。それと共に背中に衝撃が走った。

ゴッパァッ!!

そんな轟音《ごうおん》を修練場に響かせながら僕の体は前のめりに吹っ飛ぶ。数メートルほども飛翔してから砂が敷かれた地面に滑るように着地する。

「いっつつ……」

咄嗟に支援魔法をかけていなかったら、今のですぐに戦闘不能になっていただろう。

それだけの威力だった。

というか、これで手加減してるっていうのか？　もう逃げたい気分だ。

「へぇー！　さすがの効果だね！　その支援魔法、ボクにもかけてほしいよ」

僕が支援魔法を使ったことに気づいたらしい。彼女はそんな調子のいいことを言ってくる。

というか、やっぱり手加減してないよな……。

支援魔法を使うことを見越してたし。

もちろんかけてはやらない。ただでさえ化物ステータスな彼女を更なる化物にしてしまうようなマゾじゃない。

僕はノーマルだ。

「……はっ！」

「おっ、今度はキミからかい？　ドンとこーい！」

僕は地面を思いきり蹴って彼女へ反撃に出る。全速力で距離を詰め、みぞおちに拳を叩き込むべく勢いよく腕を振るう。

「……すごい速度だ。とてもレベル5の支援職とは思えないよ、でも！」

「なっ……うわっ!?」

しかし、その拳は彼女にあっさりと捉えられてしまう。彼女は僕の腕を掴むとそのまま後ろに投げ飛ばした。

僕は咄嗟に受け身を取って、なんとか大きなケガを避ける。

ポーションがあっても、痛いものは痛い。なるべく、手傷を負わないようにしたい。

「……」

……それにしてもまったく歯が立たない。レベル10とレベル5。そこには支援魔法では埋まることのない絶対的な差が存在しているようだ。

彼女は余裕のある様子で今も僕の前に佇《たたず》んでいる。追撃はしてこない。

「筋力、敏捷《びんしょう》、防御力なんかのステータスだけじゃない……やはり動体視力とか、全ての反応速度が上がっているね」

彼女は急に真面目な顔になると僕のスキルについて考察を始める。

「ボクを追う目の動き、攻撃に反応して対処するまでの時間、全てが大幅に速くなっている。スキルを使う前なんかより格段に動きが良くなったよ」

「……それが全部見えてるんですか」

「ギルドマスターだからね」

バケモノめ。

僕は感嘆してそれ以上何も言えない。ギルドマスターになるだけのことはある。

「年季が違うからね。あはは」

僕の言葉にアレクはそう言って笑う。が、ふと気になったことがあり聞いてみた。

見た目的には、自分とそう変わらない。

それくらい若く見えるからだ。

「そういえばギルドマスターって何歳なんですか」

ピシリ。

僕が彼女にそう聞いた途端、空気が凍る。

えっ、なんか変なこと聞いたの？　なんで？　僕は戸惑う。

「……ピチピチの二六歳だよ」

随分と間があって彼女が答える。彼女は口は笑っているのだが、目が笑っていない。僕は彼女から発せられる圧力に、冷や汗を流した。

「若いですね」

ギルドマスターという、大きな役職に就いているにしてはかなり若いと思う。

普通に若い。

今の質問のどこに地雷要素が……？

「うん、若いよね。うん。ボクはまだ若いんだ。まだチャンスは……」

「……」

チャンスってなんだ？　僕はまたもや疑問に思ったが今度は口に出さない。

今のでしっかり学習した。

年齢の話はタブーらしい。

「まぁ、話を戻そうか。キミのスキルは正直、ぶっ壊れ性能だ。それこそ、……誰もが欲しがるほどに」

彼女は軽く咳払いすると、空気を戻すようにそう言った。

僕はその言葉にごくり、と喉を鳴らす。

「支援魔法を同時にかけられる人数に制限がないのは知っているだろう？　まぁ人数が多ければ多いほど体力を消耗するから現実的じゃないんだけど、それでも数十人単位だったらキミの支援魔法で大幅にステータスを上げて戦うことができる。……例えばレベル10の戦闘職の集団にキミが支援魔法をかける。それだけでその集団は最強だ。勝てる奴なんかどこにもいなくなる」

「それってつまり……」

「単純にステータスが他の奴と二倍以上の差がつくんだ。当たり前だろう？」

とてつもなかった。

今まで、ずっと役立たずだと、そう言われ続けてきて、この前までとは事情が違うことに気づけていなかった。

「このスキル、危険だ」

本当にやばい。

素直に喜べばいいと思うかもしれないけど、そう単純な話じゃない。

僕自体はそんな強くないから、それこそアレクみたいな強い人間に、無理やり従わされて、悪用されてしまうなんてこともありうるのだ。

僕は思わずアレクを見る。

「本当に悪いね。それだけの危険に晒《さら》す結果になってしまって」

すると、アレクは昨日に引き続き再び頭を下げ、謝罪してきた。

「いえ、もう謝罪は昨日受け取りましたし……」

僕は慌てて彼女を止める。起こってしまったことはもう取り返しがつかないのだ。僕は謝罪をしてほしいわけではない。

するると、彼女は顔を上げ、ある提案をしてきた。

「キミの身の安全は当ギルドが全力で守らせてもらう。その代わりにキミはギルドの一員としてこれまでどおり働いてもらう。これでどうかな?」

「えっと、構いませんが」

今までと変わらないけど、守ってもらえるなら……。

「よかったぁ、キミがこのギルドを抜けるなんて言い出したらどうしようかと」

僕の答えに安心したように息を吐くアレク。

抜けるも何もそもそも選択肢が存在しないのだが。

この迷宮街に限らず世界中どこを探したって、探索者ギルドはここしかないのだ。

ギルド脱退=引退と同義だ。

迷宮から得られる利益は大半がこのギルドの懐に収まっている。まさに独占状態だ。

ギルドマスターはやはり僕を他の所へ行かせたくないようである。彼女の言葉には単純な謝罪ではなく、そういった思惑が入り交じっていた。

まぁ、この街においての権力も絶大なので、守ってもらえるというのならそれに甘えることにしよう。僕はそう決める。

「まだ探索者をやめるつもりはありませんよ。安心してください」

僕がそう言うと彼女はパッと先ほどまでの笑顔に戻る。

「だよね。良かった……よし!　キミのスキルも見られてボクは満足だ!　キミの安全についてはボクが絶対に保証するよ！　まずは情報統制からだ、任せてくれ！」

……権力者怖い。

「たまには支援魔法ボクにも……」

「それは嫌です」

「えー、そんなー」

そんな感じで最後はグダグダになりながら、ギルドマスターとの模擬戦は終わった。

僕はすぐに宿へと戻る。宿にはサラを置いてきているからだ。

「あっ、おかえりなさい！」

「ただいま」

時刻はすっかりお昼時だ。

まず、腹ごしらえからかな。

「よし、ご飯食べよう」

「はいっ」

といった感じで、お昼はさっさと済ませると、今度はサラを連れてまたギルドへと戻ったのだが……。

「ヨータくん、キミにちょっと頼み事があるんだけどいいかな？」

ギルドに入ってすぐに、ギルドマスターが後ろからそう声をかけてきた。今度はどういうつもりだろう。

「頼み事ってなんですか？」

「ああ、それはね……」

彼女はいつものニコニコとした顔で用件を述べる。

「ちょっと迷宮で取ってきてほしいものがあるんだ。大丈夫、初心者向けの難易度だし隣の子も一緒に行ける」

「クエストですか、……なんで僕たちに？」

初心者用クエストなら、わざわざ自分たちにオーダーする必要がないだろう。僕は不思議に思い彼女に聞き返す。

「いやー、どういうことなのか誰もクエストを受けてくれなくてねぇ。昨日依頼主が怒鳴り込んできたんだ。いつになったら頼んでいた品は届くのかって」

「そんな誰も受けないようなクエストにするような依頼主が悪いんじゃ……」

僕たちには特に義務といったものはない。あるとしたら迷宮で何かあった時の招集に必ず応じる必要があるくらいかな。

僕がそう口にするとアレクは少し困ったように笑って頭を掻く。

「それが、初心者でもできるような簡単なものだから……」

そういうことね。でもそれはそれで探索者たちが受けたくない理由が存在するわけで、そこはかとない地雷臭がすでに漂ってきているが。

「……それで、そのクエストの内容は？」

まぁまだ内容も聞かないうちから断っても仕方がないのでとりあえず聞くだけは聞くことにする。

「ダンジョンワームの討伐でその糸袋五個の納品だよ」

「却下で」

サラは虫が苦手と言ってこの間は受けなかったし、随分受けてなくて忘れていたが、このクエスト、超地雷だ。

不人気度で言えばダントツのナンバーワンだろう。

まず嫌がられるポイントとして必ず汚れる。討伐難易度はスライムと同じか、それ以下なのだが倒した時に体液がよく飛ぶ。

斬る、潰すなどの方法以外で殺せばいいと思うだろうが何故か魔法に強い耐性を持っており物理攻撃しか効かないのだ。

しかもその体液がものすごく臭い。家あるいは宿に戻るまですごい臭気を発しながら歩くことになる上に、報酬はスライムと大差ない。

探索者たちが楽で汚れないスライムを選ぶのは必然だった。もちろん上級探索者はもっと割のいいクエストを受けるため見向きもしない。

結論から言えばこのクエストは糞《くそ》、ということである。

「……」

真顔で即答した僕にアレクが固まる。いつもの笑顔だ。美人ではある。

「いやいやいや、頼むよー！　報酬一〇倍にするから！　ね！」

「お金には困ってません」

昨日いっぱいもらったし。

彼女が必死に食い下がってくるが僕はバッサリとそれを切り捨てる。わざわざ自分から拷問を受けに行くようなマゾではないのだ。前にも言ったが僕はノーマルだ。

「じゃあ金貨一〇枚でどうだ！　これならさすがに……」

あ、それはちょっといいかも。難易度自体は低いし、楽して大金を手に入れられるのはいい。

……恥を捨てればだが。

だが、気になることもある。

「それなら、と思ったんですが僕たちをそんなに優遇していいんですか？　そんなに出せるなら最初からその条件で掲示板に張り出せばいいんじゃ」

「いや、金貨一〇枚についてはボクの懐から出しているんだ。それに、キミにはこれだけの報酬にする意味があるが他の探索者たちにはない。さっきも言っただろ？　権力者からすればキミの能力はよだれが出るほど魅力的なものなんだよ」

「た、たしかに……」

うん、すごい説得力。

わかったから、わかったからよだれ垂らすのやめて。

ギルドマスターの威厳が。

「じゅる……失礼。それで、どうかな？」

うーん、今のところ特にお金が欲しいわけではないし、正直迷う。これといった趣味も今まで持ったことがないのでこれ以上持っていても持て余しそうである。

「頼むよー、キミたち今宿で寝泊まりしてるんだろう？　パーティーを組んでいるなら拠点にする家とか欲しいんじゃないのかい？　金貨一〇枚もあればそこそこの一軒家が買えるよ？　ほらっ、今後仲間も増えるかもしれないだろうし、いつでも迎えられるように……」

めちゃくちゃ必死にアピールしてくるアレクだったが、僕は素直に飛びつけない。

仲間、ね……。

「受けましょう！」

と、今まで青い顔で冷や汗ダラダラだったサラが急に表情をパッと明るくして叫んだ。

……欲しいのか。

「家欲しいの？」

僕は彼女に確認を取ってみる。いや、顔を見れば答えは明らかなのだが。

彼女はこちらにキラキラとした目で上目遣いをしてお願いしてくる。

「……いけませんか？」

可愛いから許した。

✣

「ヒィいいいいいいい来ないでぇえええええ！」

サラが涙目になりながら必死に剣をブンブン振るっている。

僕はそれを見ながら裏拳で後ろから襲いかかってきたワームを一匹、粉砕した。

現在、ギルマスからのオーダーを受けることにした僕たちはダンジョンワームの巣へとやってきていた。

彼女は先ほどの希望に満ちた表情からはほど遠く、恐怖に歪んだ顔でブスブスワームの腹をメッタ刺しにしている。

どう見てもオーバーキルだ。

ワームはすでに事切れているようで力なく横たわっている。

害虫とはいえちょっとかわいそうだ。

「あんまりズタズタにしちゃうと糸袋が傷ついちゃうよ！　気をつけて」

「あっ、すみません……」

僕がそう注意するとサラは慌てて剣を抜き取る。

抜いた剣はヌラヌラと緑色の体液で染まり、抜き取った場所からは糸を引いていた。気色悪い。

「うう、ベタベタで臭いです……」

僕たちの体はすっかり返り血？　でべっとりだ。

前述したとおりものすごい臭気である。強烈な刺激臭に鼻がひん曲がりそうだ。

これは一刻も早くクエストを終わらせてお風呂に入るべきだ。

ワームはまだまだいるようで次から次へと巣から出てくると住処《すみか》を守ろうと必死に糸を吐いて攻撃を仕掛けてくる。

僕たちはそれをどんどん斬り殺し殴り殺して蹂躙《じゅうりん》していった。

もはや悪者は僕たちの方である。

ほどなくして、巣にいるワームを全て倒し終わると、今度は糸袋の回収に移る。

「よし、糸袋を回収しよう」

僕は彼女にそう呼びかけて自身もワームの腹の中に手を突っ込み糸袋を引っ張り出す。

……これも不人気な理由の一つだ。糸袋を回収するためにはそのモンスターが朽ちて魔石だけになる前に体内から取り出さなければいけない。そのためにこの生温かくて生臭いブヨブヨしたお腹に手を突っ込まなければならないのだ。

正直言って最悪だ。

「うあぁぁあ……気持ち悪い」

「我慢しよう、僕も、ちょっと……いや、やば吐きそう」

「ちょっ、ヨータさん⁉」

サラも僕もそんな泣き言を漏らしながら糸袋だけを回収する。

そんな苦痛に満ちた作業を三〇分ほど続けてどうにか依頼にある量の糸袋を回収する。

これであとは帰って報酬を受け取ってお風呂に入るだけだ。実に簡単な仕事である。

「早く帰ろうか」

「はい、そしてお風呂に！」

サラも元気よく返事する。やはり女の子だから早く綺麗にしたくて仕方がないのだろう。

すぐに出口に向かって駆け出していった。

少しして僕もそれを追う。

なるべく人に会わないように、急いで外への道を進む。

日が暮れるまで時間がある。他の探索者たちはクエストをこなしているだろうから、運が良ければ一度も出会わずに済むかもしれない。

ああ臭い。臭すぎる。

そうして臭いに耐えながら入り口付近まで戻ってきたのだが……。

「……おい、早く担架持ってこい！」

「いや、応急処置が先だ！　上級ポーション、誰か持ってないか⁉」

出口に近づくにつれて、何やらその辺りが騒がしくなっていることに気づく。

「何かあったんでしょうか」

一旦立ち止まったサラが僕に聞いてくる。僕には大体見当がついていたため、それを彼女に教えてあげた。

「迷宮内で怪我をした探索者がいるんだろう。かなり切羽詰まってるようだし、相当な重傷なんだろうね」

日常的な風景だ。数年も続けていれば、こんな光景は何度も見かける。

「迷宮って、そんなに危ないところだったんですね」

サラがそう納得したように言う。

彼女は初めてみたいだ。

それもそうだろう、登録したばかりなんだから。

「ああ、危険だ。特級探索者が深層に出かけて、それっきりなんて過去に何度もあったくらいだ。ここで仕事をするってことは命を懸けるってことなんだよ」

「ヨータさん、私、少しお遊び気分で今まで戦ってました」

「みんなそういうものだよ、最初は」

僕が探索者をやってきた三年間でも二、三回はあった。こうやって簡単なクエストばかりをこなしていると忘れそうになるが、迷宮は常に危険と隣り合わせの場所なのだ。

決して自分たちの能力を過信してはいけない。

「まぁ、野次馬なんか迷惑なだけだから、さっさと行こうか」

「……はい」

そう言って慌ただしく動き回る彼らの横を通り過ぎようとしたのだが……。

「⁉」

その中に見覚えのある顔ぶれがいるのを見て迷宮を出ようと踏み出していた足を止めて振り向く。

ミーナ、ガレだ。

彼らは大怪我をして担架に載せられている男の横で手当てを受けている。二人とも、大した怪我ではないようだが、その表情は暗かった。

一体何があったというのだ。

次に担架に横たわっている男に目を向けたところで、僕は驚きに目を見開く。

「……ライオル」

青い髪、かなり整った顔。脇腹に血の滲んだ包帯を巻かれて、死人のような青白い顔で気を失っている男は、間違いなくライオルだった。

幕間二 油断と驕《おご》り

「いよいよ深層だ！　みんな気をつけろ！」

深層への入り口でライオルが叫ぶ。

「はーい！」

「……わかってる」

ミーナもガレも、だいぶ余裕がある様子で返事をした。

ミカはどんどん進んでいく彼らになんとかついていく。

迷宮で怪我をした状態で一人になることは非常に危険だ。ライオルが続行を決めた以上、ついていく他なかった。

彼らはクエストを強行するつもりだ。

「……っ、待って」

「……ゆっくり歩こう」

ミカの苦しげな声を聞いてライオルがミーナとガレにそう指示する。ガレは黙って従ったが、ミーナはそれに文句を垂れる。

「ちょっと、ミカなんかに合わせる必要ないでしょ！　必要ならガレに背負わせれば？」

だが、そのミーナの提案をライオルは一蹴した。

「……背負うなら俺がやる」

「はぁ？　なんでよ」

「俺が、リーダーだからだ」

「ライオルっていつも同じことしか言わないよね……他になんかないの？」

ライオルの有無を言わさぬ気迫に深い息を吐くミーナ。それっきりは黙って歩き続けた。

ライオルは言ったとおりに、ミカをおんぶしようとしたのだが、それをミカは断る。

依頼の場所への道のりはなんだかギクシャクしたまま進んでいくのだった。

「一旦止まれ、着いたぞ」

「……いたな」

目的地に到着したライオルたちは、すぐ手前の通路の陰に隠れてその先を観察する。

彼らの視線の向こうには、今回の討伐対象である、トリコロール・ドラグーンが周囲をつぶさに探っていた。ライオルたちの気配を感じ取っているようだ。

「よし、やるぞ」

そのかけ声と共にミカ以外の三人は一斉にドラグーンの前に躍り出る。

そのままライオルは剣を抜いて斬りかかった。

突然の出来事に一瞬身動きを止めるドラグーン。

その間にガレが槍で足を貫きドラグーンは体勢を崩す。

ガレとライオルは二人で着実にダメージを与えていった。

「ミーナ、魔法の準備をしろ！」

剣で自分を切り裂こうとドラグーンが伸ばした腕を切り落としながらミーナに指示を飛ばす。

ドラグーンは怒りと苦しみのこもった鋭い金切り声を上げる。

「あいよー」

彼女はすぐにスキルを使用し、火球を生成する。そして、自分の魔力を注ぎ込み、圧縮していった。

「……青い首に注意しろ！」

ガレがそうミーナとライオルに注意する。それと同時に彼ら目がけてドラグーンの青い方の首が突っ込んでいった。

ズパァンッ！

大きな音を立てて地面が崩れる。大きな土煙が立った後、そこにはライオルの姿はなかった。潰されたのではなく、ドラグーンの首の上だ。

そのまま直剣を薙ぐ。それだけでドラグーンの首の一つが切り落とされた。

「ツォオオオオオオオォォ……」

ドラグーンは苦しみの声を上げる。ライオルが一旦離れて様子を窺うと、青い首が再び生えてきてしまった。

「奴の首はすぐに再生してしまう。殺すには三つの首を同時に潰すしかない……いつもどおり、できるか？」

それを見たライオルはミーナとガレに協力を頼む。二人は快諾してそれぞれ目の前の首に向き直る。

「爆炎魔法さえあれば楽勝楽勝～」

「……俺の槍で貫けないものはない」

彼らは神経を研ぎ澄まして、ドラグーンの動きを待つ。

特級探索者の彼らに、不覚はない。

今回もあっさり成功するだろう。

全員が全員、トップクラスの実力だ。

絶対に大丈夫、自分たちでやれる。

そういった確信が彼らの心にはあった。

「合図をしたら突っ込め！　いいな！」

「いつでも撃てるよー」

ライオルの言葉に元気よく反応するミーナ。

彼女の手の中にはすでに高密度の巨大な火球が出来上がっていた。

「……今だ！」

ドラグーンが動き出そうと首をそれぞれもたげたところで一斉に攻撃を放った。

真ん中の赤い首に爆炎魔法が炸裂《さくれつ》し、大爆発を起こす。

ライオルの剣が再び再生した首を落とし、ガレが白い頭を脳天目がけて槍で貫いた。

全ての頭を同時に潰されたドラグーンは力なく崩れ落ちた。

周囲はドラグーンの流した血で染まり、生臭い匂いが充満する。ドラグーンは絶命した。

誰もがそう思った。

「ミカ、破片なんかは飛んでこなかったか？」

ライオルは剣をしまうとミカの安全を確認に向かう。

「……別に何もなかったわ」

「ならいい。……それと、どうだ。支援職がいかに役立たずか、これでわかっただろう？　俺たちは、強いんだ」

ライオルは得意げに言う。

反して、それを聞いたミカの表情は暗い。

「確かに強いわね。みんな」

「ああ、わかったらヨータのことなんかもう忘れて……」

「これだけ強ければ私も必要ないでしょ。今回も足引っ張ってばっかりだったし。ミーナの言うとおり、役割被ってるし、無駄だよね」

「おい、何を言っているんだミカ、お前は貴重な戦力だ。いらないなどと思ったことはないぞ」

ライオルがそう慰めるように言うが、ミカの言葉は止まらない。

「きっとこの後だって、また失敗して、迷惑かけて、みんなの足を引っ張るわ」

「そんなことはない。ミカ、今までだって俺たちでやってきたはずだ。急にどうしたんだ」

みんな、ミカの不可解な言動に困惑していた。

ライオルは説得を試みる。

「……どうしたって？　わからないの!?　……私にはみんながわからない！　今の私とヨータの一体何が違うのよ！」

ミカは叫ぶ。

目からは涙が溢れて止まらない。

「たく、ピーピーさっきからうるさいのよ！　口を開けばヨータがどうだの……そんなにヨータが好きならヨータのとこに行けばいいって言ってるじゃん！」

「ミーナ、黙れ！」

ミカの訴えを聞いたミーナは声を荒らげて彼女を責め立てるが、それをライオルにまたもや止められてしまう。

ミーナは不服ながらも仕方なく黙る。

「ミカ、お前はヨータとは違うんだ。前提から間違っている。……最初から役に立たなかった人間と、今回たまたま失敗しただけの人間、どちらが〝価値〟のある人間なのか、当たり前の話だ」

「どこが当たり前よ！　それがいじめてまで追い出す理由なの!?」

「落ち着け、ミカ。冷静になれ……アイツは戦闘中にいつもどうしていた？　後ろで見ていただけじゃないか。全てを人任せにしていたツケを払ってもらっただけだ」

「人任せって、……戦闘以外のことは全てやってくれてたでしょ！　ご飯も、テントも全てヨータがやってたのに」

「俺たちは命がけで迷宮に潜っているんだ。そんなものはなんの対価にもならん。いい加減目を覚ませ」

ライオルは必死にミカを宥《なだ》めようと声をかけ続けるが、彼の言葉はむしろ逆効果で、ますます彼女の癇癪《かんしゃく》はヒートアップしていった。

「……チッ、またヨータか」

ライオルは苛立っていた。

ライオルとしては彼女にパーティーを抜けられては困るのだ。ヨータなんかの元に行かれては困る。

「もう耐えられないよ……みんな仲間なんかじゃない！　今のみんなに、友情も何もないじゃない！」

「ああ、俺はヨータに友情なんか抱いたことはないさ。昔からあいつが嫌いだったからな。だからミカ、お前とヨータは根本的に違うんだよ」

「一緒に村で育った幼馴染み同士なのに……！」

「……自分がそう思ってるからって、相手もそう思っているわけじゃない」

ライオルは少し考えてそう言った。

ミカはその言葉に失望したように目を見開く。

そして、目を伏せると言った。

「私、このクエストが終わったらパーティーを抜ける。こんな酷い人たちと一緒にいられない」

「……ミカ！　お前は俺の」

ライオルがミカの腕を摑む。彼女は逃げ出そうともがきだす。

「離してよ！　触らないで！　あんたたちなんか大嫌いよ！」

「ヨータのどこが俺より優れているっていうんだ!!　そんな所は微塵《みじん》も存在しない！　お前は……俺のモノだ！　誰にも、いや、ヨータになんか渡さない！」

ライオルがついに決定的な言葉を口にする。

「やめて！　私は物なんかじゃない！」

彼のいつもと違う態度に恐怖を抱いたミカは必死に逃れようとするが、ライオルの手にはますます力がこもっていく。

「いいか、ヨータのことなんか金輪際忘れろ！　あいつはただの役立たずのクズなんだ！　さもないと……」

——その時だった。

「危ない！」

ミーナの鋭い声が響く。

「どうしっ……がふっ」

「……ぁ」

それと同時に、ライオルは後ろから脇腹を貫かれた。頭が再生し、起き上がったドラグーンの鋭い鉤爪《かぎづめ》によって。

第三章 眠れない夜

迷宮の奥底、上も下も、左右すらも曖昧な場所で、オークと角を頭に生やした女が話している。

「まさかお前が勝てなかったとはねー。その男はそんなに強いんだ?」

「はい、強力な身体能力を強化する魔法を習得しているようです」

「へぇー、身体能力を大幅に強化する魔法ね」

オークの報告に関心を持ったように相槌《あいづち》を打つ女。

オークは更に自分の経験したことを話す。

「魔法を使った瞬間、ステータスが急上昇していました。俺は身構えていたのですが、動きについていけず、避けることすらできませんでした。……彼が使っていたのはおそらく支援系統魔法の類でしょう。彼の錬度はかなり高いかと」

「ほほーう、俄然《がぜん》興味が湧いてきたな。ねぇ、ガロン、その男の名前はなんていうの?」

角の生えた女——レウヴィスはオークにその支援魔導士の名前を聞く。

オークはそれに静かに答えた。

「……横にいた女はヨータ、と呼んでいましたが」

「ヨータ、ね。覚えたよ」

「連れてきますか?」

「いや、すぐに会えるよ。……きっとね。ワタシの直感がそう言ってるから」

「はぁ……」

レウヴィスはふふふ、と不敵に笑うのだった。

❖

「ライオル……」

間違いない、彼はライオルだ。

くすんだ青髪の青年は、剣士用の軽鎧《けいがい》に身を包み、腰には直剣を下げている。

だが、今は気絶しているようだ。

顔も青白く、生気が感じられない。

死人と言われても信じてしまうぐらいだ。

しかし、紫色になった唇の間から発せられるわずかな呼吸音だけが、彼がまだ生きていることを証明していた。

浅く上下する胸から視線をすぐ下に向けると、彼のお腹には包帯が巻かれている。その包帯には赤黒い血が滲んでいた。

「……何見てんのよ」

思わぬ再会に僕が思わず足を止めていると、壁に背を預けて座り込んでいたミーナが声をかけてきた。

「ミーナ、何があったんだ」

追い出された恨みより何より、僕の口からは疑問がついて出る。

「あんたには関係ないから。あっち行ってよ」

ミーナは下を向いたままそう言った。

僕はガレの方を向いたが、彼の表情もいつもに増して暗かった。

「……クエストに失敗したんだ」

僕の視線に気づいたらしいガレが、ミーナの代わりに答える。

「……なんのクエストだよ」

彼らは特級探索者。探索者ギルドでもトップクラスの実力を持っているはずだ。

深層とはいえ、そうそうクエストを失敗するようなことはないはずだ。

事実、僕がパーティーにいた間は一度も失敗したことなどない。

一体何が原因でクエストを失敗したのか、気になった。

僕の質問に対し、再びガレが口を開く。

「トリコロール・ドラグーンに、ライオルがやられた」

「なんで？　そいつはもう何度も討伐してただろ？　今更失敗なんか……」

僕はその場に腰を下ろすと、負けた理由を聞く。

「……油断していた」

「油断？」

「……頭を一つ潰しそこねて、それに気づかなかったんだ」

そういうことか。

しかし、ライオル自身、クエストは最後まで気を抜くなといつもみんなに口を酸っぱくして言っていたはずだけど……。

彼らには酷い目に遭わされた。

けど、バカにしてやろうとか、いい気味だとか、そういった考えは僕の頭には浮かばなかった。

遅かれ早かれ、破綻していたんだ。

過ぎた今となってはどうでもいいことだ。

「それで？」

何か口ごもる様子を見せるガレに、僕は続きを促す。

ガレは迷う様子を見せながらも、少し間を置いてから、話し始めた。

「倒した後に、ミカと言い争いになって……それでドラグーンの頭が再生していることに気がつかなかったんだ。それでライオルが後ろからやられた」

ミカと言い争って……ミカ？

と、その時、今まで黙っていたミーナが急に叫んだ。

「──そうよ！　あの女のせいでライオルがやられたのよ！　ミカが……！」

「ちょっと待てよ」

「散々足引っ張ったあげく、何よあの態度……、ったく、うんざりする。ミカさえいなきゃこんなことになることもなかったのに「おい！」何？」

僕はミーナが喋るのを止める。そして、聞いた。

「……ミカはどこだ？」

そういえば姿が見当たらない。ミカは、彼女はどこにいる……？

僕の顔から冷や汗が吹き出る。動悸《どうき》が激しくなる。体中から血の気が引いていくような感覚がした。

ミーナがそれを聞いて、再び口を開く。

「あの女なら死んだけど？」

「な、何言って……」

「だから、死んだっつってるじゃん」

ミーナがニヤニヤしながらその言葉を繰り返す。ガレもそれを肯定するように言った。

「ミ、ミカはクエストの途中で怪我をしたんだ。その怪我が元で逃げ遅れて……」

「そんな……」

僕は言葉を失う。ミカが、死んだ？

本当に？

……ありえない、そんなことは信じられない。

「そうよ、死んだの。いい気味よ」

「ミーナ、お前！」

ミーナが暗い表情で笑いながらそう言った。僕は思わず彼女に駆け寄り、襟首を掴み上げる。

「仲間にどうしてそんな言葉がかけられるんだ……どういうことだよ！」

頭が混乱して、心の整理がつかない。ただただ奥底から怒りが湧いてくる。

「仲間？　あの女を仲間なんて思ったことなんか一度もないんですけど。今回だってずっと足を引っ張ってたくせに生意気な態度ばっか取ってたんだから当然よ……ってかあんたもいつまで仲間ヅラしてんのよ。まじキモいし」

「逃げ遅れたって、ライオルは連れてこられたのに、ミカはなんで……」

こいつらの言っていることはおかしい。

まさか、ミカをわざと見捨てて……。

「ライオルは俺が背負ってきた。ミカはミーナに背負うように言ったのだが……」

「お前！」

ガレの言葉に僕はいきり立つ。ミーナの襟首を締め上げると、彼女は苦しげに呻《うめ》きながらも尚《なお》、笑って言った。

「何、責任押し付けようってーの？　ミカが勝手に拒否したんだから仕方ないじゃん。わがまま女のために私まで死ねっていうわけ？　ばっかじゃない」

嘘だ。

ミカの方から拒否するなんてそんなこと彼女がするわけ……！

「自分が引きつけてるうちにみんな逃げろってさ。せっかく、助けてあげようとしたってのに……まぁ、おかげ様で逃げられたからいいけどね」

「それで出てくるのはそんな言葉か!?　ミーナ！」

僕は怒りに声を震わせながら叫ぶ。ミーナは何を言いたいのかわからないとばかりの表情で答えた。

「嫌いな奴に何されたって嬉しいわけないでしょ？　馬鹿じゃないの？」

「このっ！」

「おい！　ヨータやめろ！」

僕が拳を振り上げると今まで側《そば》で見ていたガレが慌てて止めに入ってくる。

ミーナは僕の手を振りほどくと僕を睨みつける。

「全部ミカが勝手にやったことだし、私たちは関係ないから。わかったらあっち行って」

関係ない、じゃないだろ……お前ら、おかしいよ。

どうかしてる。

「おい……ミカは無事か？」

「っ、ライオル！　目が覚めて！」

僕が改めて彼らに失望していると、後ろから声が聞こえた。振り返ると壁に手をついて歩いてくるライオルが視界に入った。

ポーションのおかげでいくらか体力が戻ったようだ。

ミーナはそれを見ると顔を輝かせて彼の元に駆け寄っていく。

「ミーナ、ミカはどこだ」

ライオルは苦しげに息をしながら駆け寄ってきたミーナにそう聞く。

「ああ、ミカは……」

ミーナはさっき僕に話したようにライオルにも事情を説明する。話を聞いた彼はしばらく黙って……。

ガッ！

ミーナを殴り飛ばした。

ライオルの突然の行動に周りが騒然とする。彼を連れ戻しに来たであろう女性の救護師も思わず口元を手で押さえて驚いていた。

「……ライオル、何やって」

ガレがライオルのことも止めようと彼の元まで歩いていくが、ライオルはガレも殴り飛ばす。

「いっつ……。ちょっと、ライオル何すんのよ！　……ぎゃっ」

ミーナが殴られた頬を押さえながら怒りだす。

だが、ライオルはそれには答えず、ただただ無言でミーナを殴り続ける。

「……ライオル、もうやめてくれ！」

ガレが腹を蹴られながらも、ライオルの前に立ち塞がった。

彼の言葉にようやくライオルは手を止める。

「……ふざけるな」

そして震える声で喋り始める。

「なんで無理やりにでも連れてこなかった！　ふざけるな！」

「そっ、それは……」

震えながらミーナが口ごもる。

するとライオルは再び彼女を殴りつけた。

「ライオル！」

ガレが再び止めようと割って入ろうとするがライオルはそれを押しのけてミーナを殴り続け

る。もはや怒りに我を忘れているようだった。

「……おい、いい加減やめろよ」

少しばかり頭も冷えて冷静になった僕は、ライオルに静かに声をかけて止める。

「……ヨータ」

僕の存在にようやく気づいたようで、ライオルはミーナを殴る手を止めて振り返った。

ミーナはもう顔の形が変わるぐらいに顔中が腫れ上がっていた。

ライオルは無言で僕の方まで寄ってくる。

「……てめぇのせいだ！」

そう叫ぶと、僕にも殴りかかってきた。

この前と同じように僕は地面に倒れ込む。

彼はそれに追い打ちをかけるようにして拳を突き込んでくる。

「てめぇさえいなければ、最初からこんなことにはならなかったんだ！　死ね……死ね！」

ライオルはそう怒声を上げながら激しく拳を浴びせてくる。

僕は無言でライオルの攻撃を受け続けた。やがて、彼が僕を殴る手を止めると、ゆっくりと立ち上がる。

「ハァ、ハァ、なんだてめぇ……なっ」

ゴッ!!

そして殴った。

ライオルは僕の拳を顔面で受けて、後ろに勢いよく吹き飛ぶ。

壁に激突した彼は鼻を手で押さえてその場に転がる。

「ふざけるなよ……。何がてめぇのせいだ、だ」

怒りを、抑えきれない。

こいつらはクズだ。もう十分すぎるほどわかった。

「ヨータ、てめぇ……」

ライオルは鼻を押さえる指の隙間から血をだくだくと流し、よろけながら立ち上がる。

そして押さえていない方の手を振り上げて再び殴りかかってきた。

「……」

僕はそれを真正面から無言で受け止める。

痛みは、ない。

「……ヨータ、お前」

ガレがそれを見て驚きの声を上げる。僕がライオルに殴られて傷一つついていないことに気づいたらしい。

「お前、いつこんなに強く……ぐはっ」

ライオル自身も驚きを隠せないようだ。

目を見開いて固まっている。

僕はそれを見逃さず足払いして転ばせる。

ライオルは満身創痍《そうい》だ。まだ彼のステータスには及ばないが、以前のように一方的にやられるということは、少なくとももうない。

「もうわかったからさ、喋るな」

僕は怒りに身を任せ、ライオルを殴り続けた。

先ほど彼がミーナにやったように。

内から湧き上がる衝動を抑えることができなかった。

「——ヨータくん、やめるんだ！」

僕がライオルの顔面に次なる一撃を加えようとした時、後ろから制止の声がかかる。

「ヨータくん、気持ちはわかるがやめるんだ。これ以上は彼が死んでしまうよ」

「……」

声の主はギルドマスターだった。

僕はその指示に従い、再び気絶してしまったライオルからぱっと手を離す。

ゴトリ。

そんな鈍い音がして、彼の体は地面に打ち付けられた。

彼を連れ戻しに来ていた救護師さんが慌ててライオルに駆け寄り、彼を引き起こすと奥へと運んでいく。

しばらくして戻ってくると今度はミーナも抱えて運んでいった。その際に、ガレもついてくるように言われ、彼も彼女たちに伴って奥に消える。

ここには僕とギルドマスターの二人だけが立っていた。

「……」

僕と彼女はしばしの間無言で互いの顔を見つめ合っていた。が、僕の方から行動を起こす。

「キミ、どこに行くつもりだい？」

僕は踵《きびす》を返して再び迷宮の方へ再び足を踏み入れようとする。するとアレクはそう後ろから僕に声をかけてきた。

どこ？　もちろんミカを助けに行くのだ。それ以外にあるわけがない。

僕は彼女のそれには答えずに、そのまま迷宮に足を――。

「調子に乗るな」

足に強い衝撃を受け、直後に自分がその場に転んでいることに気づく。アレクが僕の足を蹴り払ったのだ。スキルによって上昇したステータスのおかげで痛みは無かったが、不意を打たれて、僕はあっさりとそれに引っかかってしまった。

更には腕を摑まれ、後ろ手に捻《ひね》られる。今度はさすがに痛みが走る。相手はレベル10だ。当然だった。

うつ伏せに押し倒された状態で後ろに目を向けると、僕にまたがったアレクが冷たい視線で睨みつけているのが見えた。彼女から発せられるプレッシャーに僕は思わず息を吞《の》む。

彼女は静かに、冷静な声で喋りだした。

「キミは今少し、傲慢になっているようだ。少し頭を冷やした方がいい」

「僕はそんな……」

アレクにそう言われ、反論しようと口を開くが、僕の腕を捻り上げる彼女の手に力が入り、それは無理やり中断させられる。

僕が押し黙ったのを確認すると、彼女は続きを話した。

「キミは今、冷静さを欠いている。まともな思考状態じゃない」

「……まともじゃないのはあいつらの方ですよ」

「今は彼らの話をしているんじゃない。……今のキミは己の力を過信している。キミがさっきボコボコに打ちのめした彼らと同じように」

「あなたは知っていたんですか」

「キミが彼らとうまくいっていないことかい？　もちろん知っていたさ。でもそれはギルドが口を出すことじゃない。ボクたちはキミたちの保護者じゃないんだ」

「違う！　失敗するとわかってたのかって聞いてるんだ！」

アレクのまるでこうなることがわかっていたかのような口ぶりに、僕は苛立ちを覚え、思わず声を荒らげる。

しかし、アレクは顔色ひとつ変えることなく、淡々とした口調で話を続けた。

「まぁ……危惧はしていたよ」

「じゃあなんでっ」

ミカたちをクエストに行かせたのか。

そう聞こうとしたが、言い切る前にアレクが答える。

「懸念があろうが、受注条件は満たしているんだから、許可しないわけにはいかないよ。それがギルドの決まりなんだから」

それに、とアレクは付け足す。

「止める方が逆に問題になってしまうしね。規約を決めた側が規約を無視すれば反感、不信感を抱かせるだけだ。何より規約の正当性が揺らぐ」

「……」

「だけど今は全力で止めさせてもらおう。キミがもう一回迷宮に入る許可はまだ出していないからね。これも決まりだ」

前科もあるし、と少し笑うアレク。

僕は笑えない。

「キミの今のレベルは5だ。深層域の推奨レベルは9以上。キミがスキルのおかげでレベル9にも劣らないステータスを持っているとはいえ、しっかりとパーティーも組まず、それどころか一人で行こうとするなんて、ボクはとても許可なんて出せないよ。……リスクが大きすぎる」

「……すみません」

彼女の言うとおりだ。僕は結局、突然大きな力を手に入れて調子に乗っていたのだ。

表面上はそうならないように気をつけていても、心の底では驕りがあった。

多少強くなったくらいで、なんでもできるような気がしていたのだ。

彼女が僕にまたがるのをやめ、立ち上がって離れていく。

僕は体が自由になってから、ゆっくりと体を起こした。

「キミ自身、まだ自分の能力を理解しきっていないんだろう？　そんな状態で考えなしに動くのはやめなさい」

「……はい」

彼女は僕に背を向けるとそう言った。

僕は素直に頷く。

「それで、だ」

彼女はひと息置いてから提案してくる。

「ギルドとしては……すぐにでも彼女を救出に向かいたい」

「……なら！　早く助けを……！」

「落ち着け……キミは最近まで、レベル9以上の彼らと共に深層に潜っていただろう？　そしてキミは大幅にスキルが強化された。この意味がわかるかい？」

「どういう意味ですか……あっ」

彼女の言葉に、少し考えて気づく。僕のスキルは以前に比べて大幅に効果が上がっている。実に一〇倍だ。

それが意味することは……。

「レベル9以上の人を強化してうまくやっていたんだ。今のキミならそれより下のレベルの探索者でも十分に深層で渡り合える能力まで強化できるんじゃないかい？」

確かに、場合によってはレベル6なんかでも僕の力を使えば深層の魔物相手でも十分戦える力が手に入るかもしれない。

しかし、そこで疑問が浮かんでくる。

「でも、街にはレベル9探索者は他にもいたはずですよね。何故わざわざそんなことを……」

救出はその人たちにお願いすればいいのではないか。

そう思ったが……。

僕の質問にアレクは眉を下げて困ったような表情を作って言った。

「レベル9以上の探索者は現在全て深層へと出払っている。すぐに集められる高レベル探索者はもうレベル8より下のコしかいないんだ」

「なるほど」

深層とは一言に言っても広大だ。万に一つでも彼女が他のパーティーに救助されている確率は低いだろう。

ないものをねだってもしょうがないので、これ以上は何も言えない。

「それでだけど、救助に出発するのは明日になりそうなんだ。すぐに集められると言っても探索者であるからにはみんな迷宮に潜っている。今の時間からだと……帰ってくるのは数時間後だ。それに彼らも仕事でやっているんだ、ただの厚意で引き受けてくれる可能性はほぼないと思うよ」

「そんな！　そんなに時間をかけていたら……彼女は怪我をしているんだ、いくらなんでも時間が――」

「キミの都合だけでギルドも人も動かせるわけじゃないんだ。すまないが、理解してほしい」

僕は焦りから彼女に詰め寄るが、彼女は首を横に振るだけだ。

……彼女の言うことは正しい。

一人を助けようとして被害を増やしてしまっては元も子もない。

僕は彼女の言うことに従うしかないのだった。

「とにかく、キミは宿に帰って休むんだ。失敗のリスクは極力減らすに限る」

「わかりました……ありがとうございます」

僕は彼女にお礼を言って迷宮の受付所から出る。後ろから彼女は僕を慰めるように言葉をかけてくる。

「お礼なんか言わなくていい、ギルドの力不足も事実だ。明日には必ずメンバーが集まるだろう。それは保証するよ」

ギルドマスターのことは、ただの変人だと思っていたけど、それは違った。

僕は今の自分と彼女を比べて、改めて自分の愚かさを実感する。

と、受付所の扉をくぐり抜けようとノブに手をかけたところで、備え付けられた窓から、目の前に人が立っていることに気づいて、勢いよく押し開こうとしていた手を慌てて止める。

僕が扉から手を離すと反対側からゆっくりと扉が開く。

「あの、何かあったんですか？　随分と遅いので」

サラだった。

彼女には先に帰るよう言っておいたのだが、あまりにも遅かったためか迎えに来てくれたようだ。

心配そうな顔で僕を見つめてくる彼女の頭を軽く撫《な》でる。

柔らかな彼女の髪の毛の感覚を手の平に感じながら気にしないように言う。

「大丈夫、用事は済んだから帰ろう」

「なら、いいんですけど……」

胃の中が引っくり返るような感覚に苛《さいな》まれながら、僕はサラと共に宿へと戻った。

❖

夜、僕は寝つけずにいた。

ギルマスには休むように言われていたが、とても眠れるような状態じゃなかった。

隣ではすでにサラが静かな寝息を立てている。

僕は彼女を起こさないようにそっとベッドから腰を上げた。

そして夜風に当たるために部屋に一つだけある大きな窓まで行く。

窓を開け放つと、夜のひんやりした空気が顔を撫でた。

僕はそんな心地よい風に当たりながら物思いにふけった。


「……ミカ」


まだこの街に来る前、村にいた頃を思い出す。

僕とミカ、それにパーティーのみんなはいつも一緒に過ごす、幼馴染みの間柄だった。

あの頃はみんな仲良しであった、と思う。

探索者になるのが夢で、探索者になった時はみんなで一緒にパーティーを組むと決めていた。

実際に探索者になり、パーティーを組んだ時も、こんなことになるなんてその時はまったく思っていなかった。

でも、そんな僕らの関係は拗れに拗れて、もう元には戻せないほどに、バラバラに壊れてしまった。

楽しかったあの頃が戻ってくることはもうない。

追い出されたことよりも何よりも、今はそんな事実が悲しかった。

今も迷宮にいるミカのことを考える。

彼女は今も迷宮の中で助けを待っているのだろうか、それとも……。

「……っ！」

焦燥感が胸の奥から溢れ出し、僕は頭を掻きむしる。

急激に体が芯から冷え込んでいくような感覚がして、僕は肩を抱えてしゃがみ込んだ。

すると、突然そんな僕に声がかかる。

「ヨータさん、眠れないんですか？」

「……ああ……ごめん、起こしちゃったかな？　……ほんとごめん」

サラだった。彼女は眠たげに瞳を擦りながら立ち上がると、そう聞いてきた。

起こしてしまったと思って、僕は謝ったが、違ったようで彼女はそれを否定する。

「いえ、ヨータさんのことが少し気になって……本当に何があったんですか」

やはりバレバレなようだ。

いや、こんな態度取っていれば誰だってすぐにわかるか。

隠せるわけもなかった。

「ミカ、さんってヨータさんの知り合いなんですか？」

「……聞いてたんだ」

「えっと、はい」

「……」

「もしかして、迷宮で……わひゃっ!?」

僕は彼女に抱きついた。そしてそのまま彼女の胸元に顔を埋《うず》める。驚いて慌てふためく彼女の胸からは落ち着きのあるゆっくりとした心音が聴こえてくる。

急に抱きつかれたことで、緊張したのか少しだけペースが早くなるのがわかった。

僕はそれに静かに耳を傾ける。

「……その人のことが心配なんですね。よくわかりました」

サラはしばらくどうして良いかわからないといったふうで手をわたわたと空中で右往左往させていたが、やがてそっと僕の頭を抱きとめると、優しい声でそう言ってくれた。

彼女は僕のことを抱きかかえたまま、ベッドに腰掛ける。

「ミカは、僕と同じ村出身で幼馴染みなんだ。君の一つ上で、背は高くて、少し怒りっぽくて、でも本当は優しい、普通の女の子なんだ」

「幼馴染みなんですね。ミカさんは、その、今迷宮で……?」

「怪我をして、迷宮に置き去りになっているんだ。僕は彼女が心配で仕方がなくて、早く助けに行きたいんだけど、それもできなくて……」

男なのに涙が出そうになる。そんな情けない様子を彼女には見せたくないので、必死にこらえた。そんな僕を、サラは優しく慰めてくれる。

「……きっと大丈夫ですよ、きっと。彼女は今もヨータさんの助けを待っていると思います。だから、そんなに思い詰めちゃ、だめですよ」

「……うん、そうだよね。ごめん」

僕は彼女に謝る。

頭をゆっくりと撫でてくれる彼女の胸元に、その後もしばらく顔を埋め続けた。

そこから響いてくる心地のいい音に、少しずつ心が落ち着いてく気がした。

「ねぇ」

「なんでしょう？」

「ごめん」

「なんで、謝るんですか？」

彼女に抱きついたまま僕は話す。

「パーティーを組みたいと言ったのはキミの方だって、パーティーを組んだ時に言ったよね」

「はい、それがどうか？」

「本当は、一番、誰よりも組みたがってたのは僕の方だったんだ。必死で、すごく気持ち悪かっただろう？」

サラは少し間を置いてから答える。

「……そんなことありませんよ。ヨータさんはカッコいい人です。少なくとも、私にとっては」

「全部、奪われて、全部、……全部否定されて」

悔しかった。

「……私は、そんなことしませんよ」

「嫌われて、追い出されて」

悲しかった。

「私はヨータさんのこと、嫌いになったりしませんよ」

サラは僕の言葉を優しい声音で、否定する。

「また一人になるのが怖かったんだ……」

だから、必死にしがみついた。

自分より年下の、女の子に……彼女に縋《すが》りついたんだ。

サラは僕の頭をそっと撫でた。

「私は、ヨータさんの前からいなくなったりしませんよ。絶対にです」

「ごめん、……ありがとう」

僕は彼女の優しさに甘えることしかできなかった。

「約束、です」

結局、僕は数十分ほどサラの心音に聞き入っていた。

そうしている間、彼女はずっと、僕の頭を優しく撫で続けてくれたのだった。

❖

なんだか柔らかな感触に包まれながら、僕の意識は覚醒へと向かう。

ちょうど人肌ぐらいの温度で、触ると程よい弾力でとても心地よい。しばらく揉《も》みしだくようにそのクッションのような物体を触っていたのだが……。

「ひぅっ」

その物体は声を発した。僕は目を見開き飛び起きる。

そこで今まで触っていた物の正体がわかった。

今まで触っていたのはそもそもクッションとかそういう類のものではなかった。

僕は寝ていた場所を立ち上がって見下ろす。

そこで一緒に寝ていた彼女は顔を真っ赤にしてこちらから目を逸らしている。

つまり、僕が今まで触っていたのは……。

「すいませんでしたぁぁ……」

僕は全力で土下座した。

やばい、マジやばい。

床を突き破りそうな勢いで頭を地面に擦りつける。

「も、もういいですから」

彼女が頬を掻きながら、そう言う。その言葉に僕はようやく床に擦りつけていた顔を上げた。

「本当にごめん、僕がどうかしていた!」

思えば昨日の行動だって非常識だった。まだ出会って間もない女性に突然抱きつき、あまつさえ顔を胸に埋める。

挙げ句は抱きついたまま朝まで眠りこけるという……。

とんでもないセクハラ行為である。

僕は立ち上がってからまた頭を深く下げる。

恥ずかしいやらなんやらで彼女を直視できない。

「その、本当に気にしてませんから。ミカさんが心配だったのも理解していますし、ヨータさんもそんな気にしないでください」

「ごめん、本当にありがとう」

僕は最後にもう一度謝ってから、部屋を出た。

本当は一日中でも謝り倒したいぐらいだが、そういうわけにはいかないのだ。

僕は一刻も早くミカを助けに行かなければいけない。だから今は時間が惜しかった。

ギルマスの言葉どおりなら、今頃捜索隊の編成が終わり、その臨時のパーティーメンバーと共にギルドで待っているはずだ。

僕は全速力で走ってギルドに向かった。ギルドへの道中で寝ている間の出来事を思い出す。

僕は夢を見ていた。

五年前、まだ村にいた頃の夢だ。

ただライオルたちと、ミカとみんなで村の近くの森で集まってかくれんぼをするだけの内容だ。

何故今このような夢を見たのかはわからない。本当にありふれた、なんてことはない記憶。

そんな大したことはない夢だが、その中で一つだけ思い出したことがある。

「石、か」

ずっと魔導士服の裏ポケットにしまっていた小さな石を取り出す。

本当に小さな指でつまめるほどの小さな石だ。薄紫色にキレイに光っている。

あの日、かくれんぼの途中でライオルと、ミカと三人で見つけたのだ。三つ見つけて、みんなで一つずつ分け合ったのを覚えている。

今となってはただのスライムかなんかの魔石だってことはわかっていた。

値もつかないくらいの小さな魔石。

けれども捨てる気にはなれず、今の今まで大事に持っていたのだ。

僕はその石を固く握りしめる。

「――チクショウ！」

僕はそう小さく叫びながら人々の雑踏をくぐり抜けていった。焦りと、緊張から、ギルドまでの道のりはとても短く感じられる。

「やぁ、待っていたよ。ヨータ君。時間が惜しいだろうからすぐに打ち合わせを始めよう」

ギルドに入るなりギルマスにそう声をかけられる。

彼女は面識のない男女を三人、連れていた。

おそらく彼らが今回集められた、捜索隊のメンバーなのだろう。

僕は彼らと一緒に、ギルマスの執務室へ向かった。

全員中に入り扉が閉まると、まずギルマスから声を発した。

「さて、今回の緊急クエストについてだけど、君たちで一緒に現在迷宮に取り残されている特級探索者、ミカ君の捜索、生存が確認でき次第救出を行ってもらうことになる」

「「「はい！」」」

アレクの言葉に男女三人の探索者が返事をする。

「それで、これから君たちと一緒に行動してもらうのが、この子だ。まずは自己紹介をしようか。臨時とはいえ、パーティーを組む仲間だ」

彼女がそう言って僕の方を向くと、彼らの視線も僕に集まる。

アレクは僕に軽く目配せしてきた。

自分から自己紹介をしろということだろう。

「一応、特級探索者のヨータといいます。支援魔導士です。よ、よろしくお願いします」

僕が少し噛みながら自己紹介を終えると、今度は彼らが次々に名乗り始めた。

「俺はヨシヤ、上級探索者で職業は剣士だ」

「私はアリサよ。同じく上級探索者で職業は攻撃魔導士、よろしく」

「僕はセイジ。職業は大盾士だよ。僕たちは三人でパーティーを組んでいる。あ、因みにリーダーはヨシヤだよ」

最初に名乗った男前なイケメンはヨシヤといい、彼らのパーティーでリーダーをしているらしい。

その引き締まった風貌にある優しげな表情からは人の良さが窺えた。

続いて名乗ったアリサという女性は、ナギサさんと同じ黒髪で少しキツめの印象を受けるが、大人な雰囲気を漂わせている美女といった感じの容姿だ。

彼女は僕と目が合うと、軽くウィンクしてくる。

僕は会釈を返した。

最後に名乗ったセイジという青年は、いかにも優男といったふうの雰囲気だ。

彼も例に漏れずイケメンだ。

正直、彼らは嫉妬してしまうくらいの美男美女で揃えられたパーティーだった。

「すみません、忙しい中……会ったこともない人を助けるために、わざわざ集まってくださってありがとうございます」

僕はまずお礼を述べる。

彼らにはこれから少なくない危険が伴うだろう。

本来なら冒す必要のないリスクだ。

それでも彼らは応じてくれたのだ。

最低限、お礼を述べるのが礼儀というものだろう。

僕が頭を下げると、ヨシヤは飄々《ひょうひょう》とした態度で謙遜してみせる。

「おいおい、よせよ。そんな立派な理由じゃねぇって」

「私たちは金に釣られただけよ。そんな頭を下げられるような道理はないわ」

それに追従してアリサとセイジも僕に気にしないよう言ってくる。

アレクの方を見ると片方の指で輪っかを作りながらもう片方の手で懐をトントンと叩いた。

彼女のポケットマネーで懐柔したのか……。

今更ながら彼女の財力には驚かされる。

「そうだよ。それに、これから一時的とはいえパーティーを組む仲だ。堅苦しいのはなしにしよう」

セイジはそう言ってニッコリと笑みを浮かべる。そんな彼らに僕は再び頭を下げた。

「……ありがとうございます」

「それで、だ。ヨータ君のスキルについては悪いけど聞かせてもらったよ」

一通り自己紹介が終わったところでセイジがそう述べる。

それに僕は思わず顔を上げてギルマスの方を見た。

彼らに話してしまったのか。

「……パーティーを組む仲間に対してまで能力を明かさないのはなんか違うとボクは思うけど？」

僕の視線に気づいたアレクはそう理由を述べる。

確かにそうだ。

僕は彼らとうまく連携を取っていかなければならない。

その上で自らの能力を隠すのは大きな障害となるだろう。

（それに彼らは深層でクエストをした経験がないいんだ。ボクのポケットマネーだけじゃ頷いてくれなくて、安心してもらうためにね？）

アレクは説明が足りないと思ったのか、僕に一歩近づくと耳元で彼らに聞こえないようにそう言った。

なるほど。

「すみません」

僕は納得し、アレクに軽く会釈する。

アレクはニカリ、と笑って元の位置へと戻った。

「大丈夫だ。彼らは信用に足る人物だよ。キミが危惧するようなことは起こらないと約束しよう。もし、これが破られるようなことがあればボクが身をもって補償するよ」

「……はい、大丈夫です。では、皆さんは僕のスキルを把握しているわけですね？」

「ああ、全能力二倍だって？　聞いただけですげぇのがわかるぜ。口止めされる理由もわかる」

「あの、それであなた方は上級探索者で、まだ深層に潜ったことがないわけですよね。その、言いづらいのですが、中層とは違って周りは強力な魔物だらけです。油断のないようにお願いします」

　僕が言えるような立場ではないが、それでも深層には何度も潜っている。

だからこそ、そう注意させてもらった。

　彼らは真面目な顔で僕の話を聞いてくれる。

「ああ、これでも上級探索者だ。それぐらいは心得ているよ。任せてくれ」

　セイジがウンウン頷きながらそう言ってくれる。

　実に頼もしい。

「じゃあ、そういうことで日程の打ち合わせに……」

「ちょっと待って」

　僕はやる気持ちを抑えきれず、そう提案するが、彼らに待ったをかけられてしまう。

「こっちがあなたのスキルだけ知ってどうするのよ。それじゃ釣り合わないし、連携するならあなたも知ってなきゃ駄目でしょ」

　アリサにそう言われてしまう。

　確かにそうだ。

いちいち僕は詰めが甘い。

もっと慎重にならなければいけないだろう。

「なんたって仲間だからな。当然だろう？　ホラ、これが俺たちのステータスだ。こっちだけ見て自分たちが見せないっていうのもおかしいしな。存分に見てくれ」

「もっとも、君の情報と釣り合うかは別だけどね」

そう言って、三人は一斉に探索者証を差し出してくる。

僕は少し躊躇したが、必要なことと割り切り、それを一つずつ確認していった。

「みんなレベル8、か」

これは事前の情報のとおりだ。

彼らのステータスはそれぞれこうだ。

name ヨシヤ	age 26
生命力	185/185
体力	81/81
筋力	97
敏捷	48
防御力	72
スキル	竜騎士の剣術Lv.8/10 剣術補助（大）、 攻撃威力アップ80%

name アリサ	age 23
生命力	114/114
体力	98/98
筋力	10
敏捷	53
防御力	61
スキル	魔女の破壊魔法Lv.8/10 広域破壊魔法（大） 範囲拡張40%

name セイジ	age 27
生命力	191/191
体力	81/81
筋力	84
敏捷	32
防御力	138
スキル	鉄壁王の大盾Lv.8/10 盾術補助（大） 防御力ボーナス60%

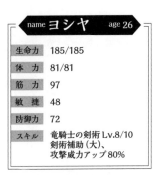

レベルに見合った高水準なステータスである。

基本ステータスに至ってはレベル9以上のライオルたちにも劣らない数値だった。

日頃から鍛錬を怠っていないのだろう。

ヨシヤは剣士らしくバランスの取れたステータスだ。

というよりは平均値に近いというべきか。

アリサは典型的な魔導士タイプのステータス、僕とほぼ同じだ。

セイジは防御力が突き抜けて高い。

スキル欄に防御力ボーナスとあるので、その恩恵だろう。

防御力に限ればガレよりも高い。

ステータス面だけを見ればかなり優秀なタンクだった。

次にスキルだが、やはりスキル名についてはどれも似たようなネーミングだ。

僕のモノが別段特別だという印象は受けない。

しかし、以前の僕のスキル欄に記載されていた、※のような記号はどこにも見つけることはできなかった。

あと気になる所といえば、セイジが最年長だったということだ。正直、彼らの中では彼が一番若く見えたのだ。正直それが一番の驚きと言えよう。

彼らのステータスはレベル8だけあって優秀だが、あくまで深層に潜る探索者としてはそのままだと苦戦を強いられるだろう。

「……十分すぎる強さです。レベル9と聞いても疑わないですね」

それでも、今回は僕のスキルがある。これがあればライオルたち以上の戦力として活躍することができるだろう。

「そうか？　そう言ってもらえるとありがたいね。これでもしっかり努力してきたんだぜ？もう六年くらい、な」

六年にもなるのか。いや、やはりこれぐらいが普通なのだろう。

経験値取得にもボーナスがあると仮定していたが、どうやらその考えは間違っていなさそうだ。

……そんな自分の能力に関する考察はともかく、早く日程を練って出発しなければいけない。

僕は彼らに探索者証を返した。

「で、信用してくれるかい？」

「もちろんです。頼もしい限りです」

探索者証を受け取ったセイジがそう聞いてくる。

彼らの戦闘能力に関しても、人格に関しても信用して良さそうだった。

そうやって互いに信用を得たところで、いよいよ救出の段取りを決める運びとなった。

アレクが取り仕切るように言う。

「じゃあ、作戦会議といこうか。目標はミカの捜索・救出だ」

「本当ならボクがついていくべきなのかもしれない。なんたってギルド最強だからね。でも、もう引退してるし、役職のこともあって気軽には迷宮に入れないんだ」

迷宮の前で、またアレクは謝罪をしてくる。

僕としては仕方ないとは思っているし、探索者としての大先輩でもある彼女にこれ以上頭を下げさせるのも悪いと思って、慌てて僕はそれを止めた。

それより、自分で最強って言うか普通。

「もう本当にわかりましたから、ギルドマスターがそんなこと、やめてください」

「悪いことをしたら誰にでも謝るのが普通さ。地位なんて関係ないよ。それにヨータ君は少し卑屈すぎるような気がするよ、もっと自信を持つんだ」

「でも……」

「おーい、いつまで長々と話してんだよ。もう出発の時間だぞ」

そうやって二人で話していると、ヨシヤが呆れた様子で僕たちのことを言い咎《とが》めてくる。

そんな声に僕は慌てて従う。……つくづく僕は人に使われるタイプの男だった。

「半日で下まで降りるんだろ？　そんな無茶をするんだから、しっかり頑張ってくれよ、支援魔導士さん」

そうだ。

僕の能力を盛り込んでかなり無茶ぶりな行程にしている。

僕がしっかりしなければいけない。

表情を引き締めた僕に、アリサさんがふふっ、と笑いかけて激励の言葉をくれる。

「期待してるわよ、ヨータ」

「それじゃあ、ミカ君の無事を祈ると共に君たちの無事も信じて待っているよ！　気をつけて！」

「「「了解！」」」

アレクのその言葉に力強く返事をし、僕たちは深層に向けて出発したのだった。

❖

──迷宮、深層。

そこを一匹の魔物が徘徊《はいかい》していた。

いかつい猪《いのしし》のような頭、筋肉質で大樽《おおだる》のような胴、骨太で力強い手足。

それらが彼が強者であることを物語っている。

「……レウヴィス様は最近わがままが過ぎないか？　なんだってあんな魔物の肉なんか」

魔物は一人ブツブツ、……おそらく彼の主《あるじ》であろう誰かに対して文句を垂れていた。

彼の背中には地上では見られないようなおぞましい姿形の大鶏《おおとり》が背負われている。

すでに事切れているようだ。

つまるところ、彼は狩りから帰る途中なのだった。

「帰ったらゴンゾの野郎に料理は押し付けるか。……ちっ、今日に限ってこの糞鶏群れでいやがって、本当に苦労した」

彼は明かりも乏しく、仄暗《ほのぐら》い深層の通路を不満不平を漏らしながらずんずん下っていく。

ピチャ。

「……？」

と、唐突にそんな音がして彼は足を止める。

迷宮には水が流れ出たりする場所はほとんどない。水溜《た》まりなどもっての外だ。

しかし、実際に自分の足は濡《ぬ》れている感覚がある。一体これはなんなのだろうか。

彼はそう思い、下を見る。薄暗くてわかりづらいがそれは……。

「――血か」

おびただしい量の血であった。

それは奥の部屋状の通路から少しはみ出るようにして流れ出している。

彼は目を奥の方へと向け、その源を確認する。

「ドラグーン、か?」

そこにはドラグーンがうずくまってうごめいていた。三つの首は何かを咀嚼しているようである。

彼は少し気になったため、それに静かに近づく。

ドラグーンの真後ろまで来ると、それが覆い被さっているモノの赤い髪の毛が一束はみ出しているのが見えた。

……おそらく地上から来た探索者だ。

このドラグーンに敗北したに違いない。

この出血の量、おそらくもう死んでいるし、生きていたとしても助かる見込みはなさそうだ。

そもそも彼は迷宮に生きる魔物の一匹である。

本来なら敵である探索者を助ける義理などなかった。

興味を喪失し、彼は再び家路につこうと歩みを進める。

「……タ」

そうやってその場を離れようとした時、突然その探索者が微かだが声を発した。

どうやら生きていたようだ。

何故だかそこで彼は足を止めて踵を返した。

「グォァ?」

そしてドラグーンの所まで戻ってくる。

彼がドラグーンの前に立つと、ようやくそれに気づいたドラグーンが探索者を咀嚼するのをやめ、首を上げる。

何か用か?　と言わんばかりの様子だ。

「ああ、ちょっと用事ができて、な!」

ドッゴォ!!

彼がそう言った直後、ドラグーンの頭が爆発した。

彼が拳を打ち込んだのだ。

突然の出来事に、ドラグーンは混乱した様子で叫び声を上げる。

「グアァァァオアアア!　……ギッ!」

ドゴッ、ドゴッ!

彼はそんなドラグーンに体勢を整える隙すら与えずに、残り二つの頭も爆砕させた。

たった三撃。

迷宮に生きる彼にはドラグーンの弱点を突くことなど容易かった。

頭を失ったドラグーンはその場にくずおれる。

彼は死体をどけると、下敷きになっていた探索者を観察する。

この探索者は女だった。

赤い髪をツインテールにして結わえている。

「右腕が欠損か。……治るか？」

気絶している。

だが息があることを確認すると、彼は大鶏と同じように、屈強な肩にその探索者を抱えた。

そうして、今度こそ迷宮の最奥へと消えていくのだった。

❖

「おい、ちょっとこれはヤバすぎねぇか！」

「あはは、走っても全然疲れない！」

迷宮の中に声が響く。

それと共にそれを追い越すような勢いで探索者の集団がそこを駆け抜けていった。

僕たち、ミカを助けるために集められた臨時のパーティーだ。今は全員に僕の支援魔法をかけている状態である。

効果は劇的だった。

彼らの驚きの声からもそれは明らかだ。

レベルが上がってからは、サラにしか支援魔法を使ったことがなかった。

実際に高レベルの探索者にスキルを使うと、より自分の持つ力のヤバさというものが実感できた。

「しかし、急にステータスがこんなに上がったら、もう少し動きづらくなると思ったんだけど、こうして話す余裕すらある。……本当に全能力が上がっているのかい？」

セイジがそんな感嘆の声を漏らす。

このスキルの能力について、僕はまだ完全に把握しきれていない。

彼の質問に僕は簡単に頷くことはできなかった。

「いえ、本当に全能力が上がっているのかは……」

「ああ、そりゃあそうだよね。話を聞いた限り、このスキルを手に入れたのはつい最近、なんだよね」

「はい、そんな感じです」

「……ごめん、詮索するような感じになっちゃったね。控えるよ」

僕があまり答えたくない雰囲気なのを察したのか、セイジが笑いかけながら謝ってきた。

そうやってずっと喋っている僕たちに、前を走っていたアリサが注意をしてくる。

「ちょっと、クエスト中でしょ！　もっと真面目に……」

「まぁ、それはそうだがな、少しくらい余裕があった方がいいってもんさ。人間ってのは緊張状態だと視野が狭くなる……もちろん油断することと、余裕を持つことは違うがな」

ヨシヤは彼女の言葉に半分同意、半分反対といった感じでそう言った。

「ええ、それもそうかしら……二人とも油断だけはしないでね！」

「はい！」

「はは、わかったよ」

僕たちはそれぞれ返事をした。

と、そこでヨシヤが突然ストップをかける。

「ここから中層みてぇだ、多少気をつけた方がいい」

「えっ、もうそんな所まで来たの!? まだ二時間しか経ってないわ」

彼の言葉にアリサは驚きの声を上げ、懐中時計を取り出す。通常、中層までは半日ほどかかるが、それが今回は二時間で済んだ。

すごい時短だ。

「はは、インチキじみた能力だねこれは……」

セイジも今までの笑顔が少し引きつっている。

額からは冷や汗を流していた。

「まぁ、それはともかく救出が先だ。行くぞ」

「はい」

僕たちは再び走り出す。

中層域では多少魔物が進路を阻んでくるようになった。

「そっち、気をつけて！」

「わかってる！　オラァッ！」

僕たちはそれを倒しながら進む。

中層では主に、ゴブリンの上位種、魔獣型の魔物が出現する。

中層域で活動する探索者にとって、それは本来脅威となりうるが、今の僕たちにとっては、
そうではなかった。

「……ふぅ。こりゃあ、お前さんのスキルなしじゃあやっていけなくなりそうだぜ」

目の前のハイゴブリンにトドメを刺しながらヨシヤがそう言った。

彼の仲間もそれに同意するように追従する。

「確かに、盾役の僕がこんなに早く動けるわけだからね。すごいことだ」

「だめよ、彼に迷惑でしょ。寄生行為もいいところだわ」

アリサがヨシヤたちにそう叱りつける。言われた二人は困ったように頭を掻いて黙り込む。

こうしている間にも迫り来る魔物を、僕たちは次々と蹴散らしていった。

「この調子なら、予定より早く着きそうだな」

ヨシヤが走りながらそう僕に言ってくる。

「はい、早ければ早いほどいい。本当ならもっと早く……！」

一刻も早くミカを助けたい。

その上で自分の今のスキルは大いに役に立っている。

今まで自分の持ったスキルを憎むことはあれど、感謝したことなどなかった。

今回ほどありがたいと思ったのは初めてだった。

「中層を抜けるまであと少しね。もうほとんど深層域と変わらないレベルの魔物が出てくるわ」

「うん、気を引き締めてかかろう」

「っ⁉　イビルウルフだ！　中層域最強と言われている。個体によっては深層の魔物以上の脅威だ。気をつけろ！」

深層域を目前にして目の前に現れたのは、中層の食物連鎖の頂点に立つイビルウルフだ。

地上に生息するオオカミと似たような容姿をしているが、決定的に違うのは胸の辺りに光っている魔石の存在だった。

この魔物は出現率は低いが、迷宮全体においても強さはかなりの上位に位置する。

加えて中層に生息域を持つため、毎年かなりの探索者がこの魔物によって被害に遭っていた。よって、中層においてこの魔物は最も警戒しなければいけない、危険なものだということだ。

今まで中層でずっと活動していた彼らはそれをよく知っていたのだろう。慣れた様子でその魔物に対し陣形を組んだ。

僕はその後ろに立つ。

「ヨータ、少しだけ待ってろ。すぐに終わらせる」

ヨシヤが言った。

言われたとおりに後ろに下がる。

イビルウルフは僕たちをかなり警戒しているようで、そちら側からは手を出すことはなく唸り声を上げている。

まるで僕たちが、彼以上の脅威であるかのようである。

いや、実際そうだった。

「ふふ、ビビってるみたいね。こないだとは反応が全然違う」

アリサが少し面白がって言った。

「……ハッタリかましてるようなもんだ。アリサ、勘違いするなよ」

「わかってるわよ」

「ならいい。行くぞ！」

その声と共にアリサとヨシヤが同時に突っ込む。

ウルフはそれを避けようと飛び退くが、それより更に早く彼らの手が動いた。

ウルフは彼らの攻撃を避けることは諦め、強靱《きようじん》な爪で受けようとする。

しかし、二人の攻撃を同時に受け流すことは叶わず、ヨシヤの剣をまともに食らった。

ウルフの脇腹に長剣が深く突き刺さる。

ひと目でわかる。致命傷だ。

「クゥオォ……」

そう、弱々しい鳴き声を上げるとウルフは絶命した。

「こんなにあっさり倒せるなんてね。つい一昨日はあんなに苦労したのに」

セイジが驚きを通り越して呆れたように言った。

ヨシヤやアリサもため息をつく。

「まるで、私たちの努力が否定されてるみたいね」

「はぁ、すいません」

僕はそれに謝る。

僕も同じ立場だったら同じことを思うだろう。

するとヨシヤが慌てたようにそれを否定してきた。

「あー、勘違いしないでくれって！　別にヨータが悪いわけじゃないんだぜ？　おい、アリサ、セイジ！　失礼だぞ」

「そうね、いつまでも驚いていたらきりがないし、時間も食ってしまうわ」

「じゃあ、早く行こうか。魔石はなかなか惜しいけど、目先の利益より人の命の方が大事だよ」

「ならさっさと出発だ。行くぞ、深層！」

「「おー！」」

「お、おー……」

彼らは深層域へと足を踏み入れるのは初めてだ。

そういうこともあって己を鼓舞する意味もあるのだろう。明るい声を出してそう意気込んでいた。

僕もそれに小さな声で合わせる。

この先は、いよいよ深層だ。

❖

——再び迷宮、深層にて。

「おかえりっす！　アニキィ！」

そこの最深部にある住処へと、ガロンは帰ってきていた。

背中には今日狩ってきた、大鶏と道端で背負った女探索者を背負っている。

「おい、ゴンゾ。お前はこの鶏を料理しとけ、あと邪魔だ。道を塞ぐな」

「す、すまねぇ……うぉあっ！　いつもよりでかくないっすか⁉」

「ああ、群れでいたからな。多分そいつらのリーダーだろう。こいつを殺《や》ったら他はみんな逃げていった」

お前のリアクションもでかいがな、とガロンは付け足す。

「群れだったんすか？　災難でしたねぇ」

「そうだ！　だから早く料理しろ！　俺はレウヴィス様の元へ行く」

本当にめんどくさかった。何十匹も一度に飛びかかってきてくちばしで突かれるから、痛いのなんの、だ。

「わかったよ！　任せてくれアニキィ！」

少しイライラしていたガロンはゴンゾにそう怒鳴りつけて、奥の部屋へと入っていく。

彼がいなくなった後、ゴンゾは慣れた手つきでその鶏をさばき始める。

なんの曲だかわからない鼻歌を奏でながら、素早く下処理をしていった。

「ガロン、その子はどうしたんだ？」

奥の部屋、というより空間か。上下左右、どちらもあやふやな空間の真ん中の大きな椅子に腰掛けるレウヴィスはガロンに問うた。

「迷宮でドラグーンに襲われていたようなので拾ってきました」

ガロンがそう理由を述べると、レウヴィスは片方だけ眉をピクリと動かす。

「へぇ、なんで？　なんか気になることでもあったの？」

「はっ、それなんですが……」

そう聞いてきた女にガロンはその詳細を話した。

「……で、この女を助けることは可能でしょうか」

「うーん、難しいね。右手の欠損、大量出血、まぁ助かるわけがないね。普通なら」

「普通なら……？」

ガロンが聞き返すとレウヴィスはニヤリと、笑みを浮かべた。

「ワタシなら治せる。この迷宮随一のドクターと名高いDr.レウヴィスに任せるんだゾ☆」

「レウヴィス様、ふざけないでください」

「ノリ悪いねお前」

「まぁ、治せるのは本当だ。右腕も治るはずだよ。にしても、やけに人間に優しいじゃないか、一体どういう風の吹き回し？」

「……」

「まぁ、いいや。ワタシに任せるといい、この魔人レウヴィスに」

仄暗い空間の中で、レウヴィスは不敵に笑った。

「おう、ここが深層かよ……さすがに暗いな」

先頭を歩くヨシヤがそう呟きをこぼす。他のメンバー二人もゴクリ、と喉を鳴らすのが聞こえた。

僕はもう何度も足を踏み入れているため、そこまで緊張はしていない。

迷宮は基本的に下に行くにつれて暗くなる。

深層ともなればもうほとんど明かりがない状態だ。反対に表層部は昼のような明るさだ。

しかし、これだけの明るさをどうやって維持しているかは未だ謎である。何故かと言えば、理由は単純、迷宮には光源が一切存在していないから。

迷宮全体がぼんやりと光っているのかとも考えられた。

だが、石壁をいくら調べても光っている様子はない。

まさしく、迷宮という場所は地上の常識が一切通用しない不思議空間なのだ。

「さすがに初めてだと、ドキドキするね」

「ええ。でも今回は……」

そういった二人は期待のこもった視線で僕を見つめてくる。

……やめてほしい。

「まぁ、ヨータにそんなに迷惑はかけられねぇだろ、俺たちが頑張らなきゃな」

後ろでの出来事が見えているのかいないのか、ヨシヤはそんなことを言った。

「え、ええ」

「……やっぱりそうだよね」

じっと僕を見ていた視線がようやく僕から離れた。

僕はホッと息をつく。

やはり人からずっと見つめられているのはあまり心地のいいものではない。

様子を見ればわかるが、彼らは彼らでかなり緊張しているようだ。

彼らにとって深層は未知の領域だし、無理もないと思う。

「……魔物は、来ないな」

もう深層に足を踏み入れてから結構経っているが、未だに魔物の気配はない。

元々深層に生息する魔物の数はそんなに多くないので、当たり前といえばそうなのだが、現在の状況においてそれは不気味な雰囲気を醸し出していた。

「はい、ですが何が起きるかは本当にわかりません、気をつけてください」

僕は一応彼らより深層での経験は上ではあるから、再三の注意を彼らに呼びかける。

……なんだかこの状況は、僕にとってすごく歪《いびつ》な気がする。

レベルは彼らの方が上だ。探索者歴も彼らの方が長い。

当然ステータスも彼らの方が上なのだ。

自分の方が弱いのだ。そんな状況下で彼らに指示を出すというのはなかなかに精神がすり減る。

だが、こんなことでへばっていてはミカを救出するなんて実現できない。

人には後に引けない時があるのだ。

そう考え、僕は気を引き締めた。

「はは、頼っても良さそうだね。少しだけ安心したよ」

セイジはいつもの調子を取り戻したのかそう言って笑う。皆には極力リラックスしてもらいたい。

いざという時にミスがあるかもしれない。僕たちは彼女を捜索しに来たのだ。

失敗などしては、危険を顧みず参加してくれた三人にも、面目が立たない。

「っと、ここを下に下るんだったな。行くぞ」

僕たちは目の前の階段を下りていく。

「そろそろ、彼女が行方不明になった場所……置きざりにされた場所なんだよな?」

階段を下りながら、ヨシヤが確認してくる。

場所についてはガレから聞いているため、それにすぐさま答える。

「はい、もうすぐトリコロール・ドラグーンの生息域です。今のところ出てきてはいませんが、パラサイトワームの生息域でもあるので寄生されないように注意してください。奴らの消化液は、体を内側から溶かしてくるんです」

「……それは随分と嫌な魔物だな」

「私、ちょっと寒気がしてきたわ」

僕の話を聞いたヨシヤたちはみんな嫌そうな顔をする。まぁ、これが普通の反応である。

僕だって寄生虫にやられて死ぬなんてごめんだ。

そうやってみんなでブサイクな顔をしながら進んでいたのだが、そこに、案の定というか、なんというかパラサイトワームが一匹だけ現れた。

人間の腕一本分ほどもあるそれは、僕たちを見るなりすぐに襲いかかってきた。

「ちょっ、まじで勘弁してよ！」

「クソッ、見た目からして気持ち悪《わ》りぃな！」

アリサたちは悲鳴を上げ、慌ててパラサイトワームに攻撃を繰り出す。

ワームは剣に切り裂かれ、魔法で爆破される。

巨大芋虫はかなりの速度で動いていたはずだが、僕たちによってあっという間に仕留められてしまったのだった。

「あの、あまり大声は出さないでもらえると……」

僕は肩で息をする彼らにそう申し出る。

音を聞きつけて他の魔物が寄ってくるかもしれないのだ。

「ご、ごめんなさい」

特に大きな声で叫んでしまったアリサは僕に平謝りである。とはいえ、よっぽど大きな音でもなければ、可能性は低い。

そこまで怒ることでもないので、ここでこの話は終わりだ。

「じゃあ、進もうか」

少しドタバタしながらも僕たちは進みだしたのだが……。

コ……コケ…………。

何やら遠くから鳴き声のような音が聞こえる。それを聞いて僕たちはすぐに足を止めた。

「なぁ、何か聞こえたか？」

ヨシヤがみんなに問う。

その質問に僕たちは全員コクコク頷いた。

コケ……コケケ……コケッ。

再び音が聞こえる。

今度は、はっきりと。

音は段々と大きさを増してくる。

コケーッ、コケ、コケーッコッコー！

「もしかして、私の声で呼んじゃった？」

アリサが青い顔で聞いてくる。そうかもしれない、この声は確か……。

「一匹じゃねぇ、複数だ！　やばいんじゃないか!?」

地鳴りまでしてきた。

音の聞こえる方、先の通路の角から、ドタドタと大きな音を立ててそれは、現れた。

「大鶏だ！　しかも群れだ……みんな、早く武器を！」

おかしい、大鶏は通常巣からほとんど出てこない。それがこの数、すごく殺気立っている。

明らかに異常だ。

僕たちは素早く武器を出すと、防御の体勢をとった。

その直後、大鶏の群れが僕たちの元へと突っ込んだ。

❖

「深層、やっぱり格が違うね……」

セイジが疲れ切った様子でそう漏らした。他のメンツも似たような状態だ。

「あの大鶏たち、一体どうしたっていうんだ」

「私たちに脇目もふらずにどっか行っちゃった……」

わからない。僕にも初めてだった。

ただ、彼らは巣のある方向から出てきたのでそこで何かがあったのだろうことは簡単に想像できた。

「とにかく、怪我はありませんか？　ポーションで小まめに回復しないと、後々困ります」

原因不明な以上、気にしていても仕方がないので、そう気持ちを切り替えるように言った。

みんなスキルのおかげで負傷はなかったようで、彼らは僕にガッツポーズをとってみせた。

「あとちょっとだっていうのによ、深層は手ごわいな」

ヨシヤが真面目な顔をして言う。

正確には今日が特別おかしいのだが、深層が危険な場所というのは事実だった。

「……落ち着きましたか？　あともう少しですから、行きましょう」

僕たちは休憩を切り上げ、いよいよトリコロール・ドラグーンの生息域へと足を踏み入れた。

指定の場所が近づくにつれて、だんだんと不安がこみ上げてくる。

だが、反対に期待も、湧き上がってきていた。

もうすぐミカを助けられる、きっと無事でいてくれる。その一心で歩を進め続けた。

「……ここだな」

そして、着く。ガレの言っていた場所で間違いない。

そこは静かだった。トリコロール・ドラグーンがいるはずだが、気配はない。

「早く助けてあげなくちゃ。物陰とかを探しましょ」

僕たちはミカの捜索を開始した。

みんなで手分けして、かつそれぞれが見える位置からは離れず、着々と確認をしていく。

すみずみまで、徹底的に。

もうすぐ見つかる、またミカの顔が見られる。

もうすぐ……。

「待って、これって……」

と、アリサが何かを見つけたようだ。

僕たちは彼女の元へと駆け寄る。

「見つけたのか！」

「……ミカ！」

「いや、その」

ミカが見つかったのか。最初はそう思ったのだが、彼女の表情は芳しくない。

僕は喜色に染まりかけた表情を引っ込める。

彼女は目の前を指さした。

僕はその指された方を見る。

「……なっ」

まず鉄のような臭いが鼻をつく。血の匂いだ。

彼女の示す先には血溜まりがあった。

僕の心臓が高鳴る。

まさか、ミカのものなのか。

そういう考えが頭をよぎる。

そんなはずはない、絶対にありえないとそれを必死に振り払おうとしながら、ゆっくりとそこに近づいていく。

「……そんな」

そして、見た。

……見てしまった。

血溜まりの中には、ある物体が落ちていた。

細長く、折れ曲がった棒のような状態の物体はちょうど人の——。

「これは……腕？」

セイジが僕の横で呟いた。

——落ちていたのは、人の右腕だった。

幕間三　臆病と嘘

トリコロール・ドラグーンが復活していた。

「……ぁ」

目の前でライオルが串刺しにされている。私はその衝撃的な光景に、言葉を失う。

胸元を摑んでいたライオルの手から、ゆっくりと力が抜けて、やがて離れた。

支えを失って、思わず私はその場にへたり込む。

「……かっ」

ライオルはもがくことすらもできず、苦悶の表情で目を見開き喘《あえ》いでいる。

私はどうしてよいかわからず、ただ呆然と突っ立っているのみだ。

「――ちょっと！　何ボケっとしてんの！　どいて！」

と、後ろから鋭い声が浴びせられたかと思うと、軽く衝撃を受け、私は横によろめく。

声の主であるミーナの方を見ると、彼女は素早く火球を生成し、再生した白の頭に放つ。

咄嗟に放った魔法では威力が足りず、頭を吹き飛ばすには至らなかったようだ。

しかし、目くらまし程度には十分だったようで、ライオルの腹を貫いていた鉤爪が抜けて、彼が地面に落ちる。

「……ライオル、大丈夫か⁉」

そこにすかさずガレが走り寄り彼を助け起こす。暴れ回るドラグーンから彼を引きずりながら遠ざけ、意識を確認する。

「……い、てぇ」

「!? ……とりあえずポーションを！」

朦朧としてはいるが、まだ意識はあるようだ。それを確認したガレが懐から自分の手持ちのポーションを取り出して飲ませる。

「すまないっ、俺が頭を潰し損ねていたようだ。……とりあえずこの状況はまずい、地上に戻ろう」

ガレは彼の介抱をしながら、自身の失敗を謝罪する。

「っ……だめだ、俺たちは特級探索者だ……失敗は許さねぇ」

「はぁ、何言って！　死んだら特級探索者でもなんでも意味ないじゃん！」

ミーナがライオルを咎めるようにそう言った。だが、ライオルは聞く耳を持っていない、いや、聞こえていないのか、念仏のように同じ言葉を繰り返すのみだ。

「失敗は、パーティーの名声に傷がつく……失敗は許されない……失敗は……」

「っ、まずい！　ミーナ、地上へ戻るぞ！　ライオルは俺が背負う！　お前はミカを！」

ライオルが気絶したらしく、ガレが切迫した声を上げる。

彼はライオルを素早く背負い、自分の装備を抱えると一直線に地上へと向かって走り出した。

彼が去った後には私とミーナが残される。

「……」

ミーナは俯《うつむ》いて黙っている。

「「「グォオオオオオオアアアアア!!」」」

その時、後ろから体中を震わせるような咆哮《ほうこう》が上がった。慌てて振り向くと、残る青の頭、赤の頭も再生が進んでいる。あと数分もすれば元通りになって襲いかかってくるだろう。

私は未だ無言で佇んでいるミーナに呼びかける。

「……ミーナ、逃げなきゃ」

だが、ミーナからの反応はない。

「ミーナ、ごめん。私、歩けないから……」

「……」

「危ないよ、あと少しで再生が終わっちゃう!」

必死に訴える。

ドラグーンの頭の再生は、もうほとんど終わっている。

もう、時間がない。

「ミーナ!」

声を張り上げ、再び彼女の名前を呼ぶ。

すると、ようやく彼女はゆっくりと顔を上げると、手を前に差し出す。

「……あ、ありがとう」

私は彼女が背負ってくれるのだと思って、その手を取ろうと体を起こし立ち上がる。

そうして右手でその手を摑もうと手を伸ばして――。

トンッ

最初は何が起きたのかわからなかった。

私は体勢を崩し、後ろに体が傾く。何が起きたのかを理解する頃には私の腰は地面について
尻もちをついていた。

「ミーナ、何を……」

手で押し倒された。私は足を怪我していたこともあり、うまく受け身が取れずに、足をくじ
いてしまった。しばらくは立ち上がれそうにない。

ミーナの突然の行動に私は呆然と彼女を見上げる。私を見る彼女の顔は……笑っていた。

「何って、あんたを押したんだけど？」

「そんなのわかってる！　……なんで！」

いや、理由などわかっている。

彼女が私を嫌いなことは、昔から知っていた。でも、今まではここまで露骨なことをしてく
ることはなかったのだ。

彼女は嘲りの表情で更に述べる。

「あんたなんか抱えて逃げたら逃げ切れるわけないでしょ、だからさ、囮《おとり》になってもらうの」

「そんな……！」

「いやぁ、スッキリするわ。昔っからあんたのその態度が気に入らなかったんだよね」

せいせいした、とミーナは深く息を吐いた。

「いい子ぶって、みんなに、ライオルにチヤホヤされて楽しい？　……楽しいよね！　だって
そういう女だもんねあんたは」

「違う！　私は……」

そんなんじゃない。いい子ぶってなんかいない！

私が反論しようとすると、ミーナは途端に態度を豹変《ひょうへん》させて、今まで見たことのないような憎悪に満ちた顔で睨みつけてくる。

「何が違うって⁉　ヨータが追い出された時だってヨータを庇うふりして、考えてるのは自分のことだけ……、悲劇のヒロイン気取りかっての」

「っ」

「ヨータを助けたいならあいつの後についてけばいいのにアンタは何故か残った。それが証拠でしょ、いつだって他力本願で自分では何もしない、できない」

「……」

黙り込んだ私に追い打ちをかけるように彼女は言葉を続けた。

「本当はただ自分がかわいそう、気の毒だって思ってもらいたいからそういう態度とり続けてたんでしょ？　なんとか言ってみなよ口だけ女ァ！」

言い返せなかった。

私は他人のことなんか考えてなかった。

考えられていなかった。

ヨータのことを気にかけるふりして、ただ自分に酔ってただけだ。とんでもない自己中女だ。

私の頬を涙が伝う。

それを見たミーナが愉悦に染まった笑みを浮かべて言った。

「はぁ、何泣いてんの？　この期に及んでまだ自分がかわいそうですか？　本当笑えるわねぁんた。……まぁ、せいぜいドラグーンの餌ぐらいにはなってね。じゃ！」

「……待って」

ミーナはそのまま私から遠ざかっていく。

私は彼女を止めようと手を伸ばすが届くはずもなく、その手は虚しく空を切る。

「待ってよ！」

私は必死に声を張り上げる。

このまま死にたくない、死にたく――。

「――バァーカ！　誰が待つかっつーの！　そのまま野垂れ死ねクズ女‼」

ミーナは最後にそう私に言って、地上へ向かって消えていった。

「……」

死にたくない。

こんな所で、ドラグーンの餌になって……？

そんなの絶対に嫌だ。

……でも、ヨータを見捨てた私に生きる資格なんて……やっぱり生きたい、死にたくない！

けど、私は……。

様々な感情がうずを巻き体中を嵐のように駆け巡る。

「「グルォォオォ……」」

頭を抱えてうずくまる私の後ろでは再生を終えたドラグーンが低い唸り声を上げる。

いつ襲われるかもわからない、その恐怖心が混乱を更に加速させる。

私は、ただヨータのことが……。

ドラグーンの頭はもうすぐ後ろにある。

荒い息遣いが私の背中を撫でる。

極度の緊張と、ふくれ上がる焦燥感で、胃の中がひっくり返ったような気持ち悪さだ。

動悸はますます激しくなる。

「はぁーっ、はあーっ、はぁーっ、はぁーっ」

恐怖で後ろを向くことさえできない。

生きたい、死にたくない。

……そうだ、死にたくないのなら戦わなければ、どの道この距離から這《は》って逃げても、もう逃げ切れない。

私は腰に下げた剣に目を向け、それを抜こうと手を伸ばす。しかし、手が震えてうまく掴むことができない。

私から発せられる振動が剣にも伝わり、カチャカチャと音を立てて揺れる。

「死にたくない」

今はそれしか考えられない。とにかく生きていたかった。

「……死にたくない！」

私はそう叫ぶと剣を乱雑に思いきり抜いて立ち上がる。

後ろに振り返り、そこにあったドラグーンの頭を痛む足に鞭《むち》打って、深く足を踏み込み一文字に切り裂いた。

「「グアアアアオオオオオ!!」」

痛みによるものなのか、はたまた怒りによるものなのかもわからない咆哮を上げるドラグーン。

切られた箇所からは血をダラダラと流しながら私を睨みつけてくる。

私はそれを負けじと睨みつける。

「グォオオオアアオォアア!!」

「……ぁぁあぁぁあああああ!!」

私は目の前の獣にも似た、下劣で、品性のかけらもない、全力の叫び声を上げてドラグーンに向かっていった。


…………。

……。


「ふむ、まだ目覚めないね」

耳元でそんな声が聞こえる。

暗闇の中で、私の意識は覚醒していく。

多分、女性の声？　……かなり高いから子供なのかもしれない。

目を開けずに、ぼんやりとした頭で声を聞いていると、今度は反対側からくぐもった低い声が響く。

「まさか、本当に治すとは……」

それは感嘆の声だった。

一体何を治したというのだろう?

私は目を閉じたままその声に耳を澄ませる。

「うーん、もうとっくに目が覚めてもおかしくないんだけどなぁ」

女の子? の方がそんなことを言う。

確かに私は目が覚めている。

だが、目を開けるのはなんとなく怖かったので、まだ気絶しているフリを続ける。

ここは病院? 救護所? 私はついさっきまでドラグーンと戦っていたはずだ。そのはずなのだが、途中で記憶が途切れている。

確か、あの後に私は、ドラグーンの懐に突っ込んで、剣を突き入れて……。

「起こしましょうか?」

低い方の声が、高い方の声にそう聞いた。

高い方の声は、少し思案するような声で唸った後、こう言った。

「ちょっと考えがある。ワタシがやるよ」

「はぁ……」

一体何をするつもりなのだろうか。私は警戒する。

「ふふ、じゃあいくよ」

気配が近づいてくる。私の耳元でその気配の主は動きを止めた。

それでも私は目を瞑《つむ》っていた。

おそらくここは救護所でも病院でもない。確証も何もないが、そう確信していた。

一体これから何をするつもりなのか。

……怖い。

そうやってビクビクとしながら次の動きを待っていると、唐突にふぅー。

「ひぁっ」

耳元に息を吹きかけられた。

ゾクリ、と肩を震わせ、思わず小さく声を漏らす。目も開けてしまった。

目の前にはしてやったり、といった表情の女の子の顔。

年は自分とそう変わらないだろうか。

浅黒い肌に勝ち気そうな金色の瞳は、どこか獣のような獰猛さを感じさせる。

「あはは、やっぱり起きてた」

女の子はそう言うと無邪気に笑う。

「……誰っ！」

私は飛び起きると彼からすぐに距離を取る。私が寝かせられていたのは石の台のようなものだった。

「うんうん、元気そうで何より。キミ、ワタシたちの言葉にすごい反応してたし、目瞑っててもバレバレだったよー」

女の子はその場でひとしきり笑ってからそんなことを言った。

私たち……？

そういえば、声はもう一つ――。

「うっ」

そう考えながら後ずさっているうちに壁のような物体に衝突する。

「ふん、お目覚めか？」

その壁は声を発した。先ほどの低い方の声だ。

私は恐る恐る振り返った。

まず目に入るのは屈強な肉体。骨太な骨格には引き締まった筋肉がこんもり盛り上がるほどについている。

今度は視線を上げる。

目に入ったのは厳しいゴツゴツした顔。

ものすごい形相でこちらを睨んでいる。

それを形容するのには、まさに〝鬼〟という表現が相応《ふさわ》しかった。

「きゃあああああああぁあ……」

私は叫んだ。

❖

「あはは、ガロン落ち着いて、ほら……」

「クソぉ、どいつもこいつも、失礼な、反応、返しやがって、このぉ……」

「ご、ごめんなさい」

私はガロンと呼ばれたオークに平謝りしていた。女の子の方は彼を宥めている。

思わずびっくりして叫んでしまったのだ。

急に目の前にあんな顔が出現したら、誰だってびっくりすると思う。

「その、ここは……？」

私は彼らにそう聞きながら辺りを見回す。

迷宮オークがいるということは、ここは迷宮内であるのは間違いないはずだ。

だが少なくとも、この不思議な空間を私は知らない。

ここは一体どこなのか。

疑問だけが頭の中を巡っていた。

天井を見上げると、道や、階段のようなものが見える。それどころか、左右にも同じような状態でそれが広がっていた。

それらに規則性は感じられない。

文字どおり、上下左右が曖昧だった。

「ふふ、まずはお礼を言ってほしかったなー、せっかく治したんだけどなー」

「あ、ごめんなさい。ありがとう……って、私は今までどうなって⁉」

女の子にそう言われ、慌ててお礼を言ってから、私は気になっていたことを思い出し、彼女を問い詰めた。

彼女は先ほどからずっとにこにことした笑みを顔に貼り付けていたが、私にそう聞かれても表情一つ変えずに答えた。

「うん、そうだね。知りたいよね。……キミは大怪我をしていたよ。瀕死だった」

「ああ、レウヴィス様が治してくださった。お前は出血多量で倒れていたんだ」

「ええと、やっぱりトリコロール・ドラグーンにやられて？」

「そうだね、キミはムシャムシャされてて、ガロンが胃袋の中から、粘液だらけの君を――」

「レウヴィス様、いちいち嘘を混ぜないでください。話がややこしくなります」

思わず自分の匂いを嗅いだ私を見たオークが女の子に向かってそう言った。

レウヴィスと呼ばれた女の子は不満そうに頬をふくらませる。

「え、様付けるのやめたらいいよ？」

「それはいけません、レウヴィス様」

「ちぇっ」

オークのガロンに華麗にスルーされると、レウヴィスはため息をついた。

再び私の方を向くと、すぐにさっきまでの笑顔に戻って言った。

「いやー、右腕までなくなってたから少し苦労したよ。まぁ、成功してよかったよかった」

え？　右腕!?

私は思わず自分の右腕を確認する。

彼女はなくなっていた、と言っていたが、そこにはしっかりと右腕が存在する。

どういうこと？

通常、欠損してしまった部位はどんなものを用いても再生させることはできない。彼女の言うことが本当なら私の右腕を再生させた、ということだ。

一度に大量の疑問が浮かんできて、頭が軽く混乱する。

それはともかく、目の前の彼女は命の恩人ということだ。しっかりと感謝をすべきだろう。

「私のために、わざわざありがとうございます」

私は立ち上がると深く頭を下げた。

疑問よりも何よりも礼儀がまず大事なはずだ。

「どういたしまして、と言いたいところだけど、別にキミのために治したわけじゃないかなー。あとお礼は一応ガロンに言いな、運んできたのはあの子だから」

レウヴィスは私が頭を下げると、笑ったままそう言った。

言われるがままに、今度は後ろに立っていたガロン、さんにも頭を下げる。

「……チッ」

すると、彼は舌打ちをしてプイっと顔を逸らす。まだ怒っているのかな。

私は不安になり、もう一度謝ろうと……。

「……感謝しろよ」

したのだが、彼はそれを手で遮ると一言だけ、そう言った。

怖い顔をしているが、根はかなり優しいようだった。

「で、ここはどこかだっけ？　ここはねー、迷宮の一番奥！　キミたちの感覚では一番下、ってことになるかな」

「ここが迷宮の最下層だっていうの？　まだ誰も、辿り着いたことのない」

それなら納得がいった。

特級探索者として、深層域まで幾度となく迷宮に潜ってきたのだ。

辿り着いたことのない場所なんてもう最奥部くらいだった。

彼は私の言葉を聞いてニヤリ、と不敵な笑みを浮かべる。

「そうだね。キミたち探索者が追い求める最終目的地。それがここだ」

何がなんだかわからない。

私はどうしてこんな場所へと連れてこられたのか。

レウヴィスといったか、彼女の頭には角が生えていた。そう、まるで魔物のような、立派なものが一対。

少なくとも人間ではないことは明らか、なんだけど魔物、と言うには人間と容姿が似通いすぎている。

彼女は一体何者なのか、何が目的で私を助けたのか。

少し緩んだ空気に忘れかけていたが、それを思い出しまた私は体を強張《こわば》らせる。

私が緊張していることに気づいたレウヴィスは意味深げに目を細める。

「ああ、ワタシがただの人間じゃないことは気づいてるよねー。ねぇ、ワタシのこと、なんだと思ってる?」

「え、あ……」

レウヴィスはしゃがんで地べたに座り込んだ私に目線を合わせると、顔を覗き込む。

「……んー、怖がることないじゃん。殺すつもりで助けたりなんて無駄なこと、するわけないし……別にとって食べたりはしないさ」

不満そうな声で、レウヴィスは言う。

「そういうわけじゃ」

――怖がってない、そう言おうと口を開くと、レウヴィスは私の頬に手を伸ばし、そっと触れた。

思わず肩を震わせると、彼女は貼り付けたような笑顔をすっと顔から消して言った。

「ほら、怖がってるよ、キミ。嘘をつくのはやめな」

「ご、ごめんなさい」

見透かされている。

「まぁ、怖いなら怖いでいいけど。ワタシは魔人なんだ、……知ってるかな?」

魔人、聞き慣れない言葉だ。

「……知らない」

「だよねー」

言葉どおりの、意味なのだろう。姿はほとんど人間そのものなのだ。

レウヴィスはふー、とひと息つくと今度は私に質問を振ってきた。

「それで、ワタシも聞きたいことがあるんだけど、いい?」

「レウヴィス様には気になることがあるそうだ。いいな?」

助けてやったんだし、とガロンが口を挟む。

言ってることはもっともだ。

だけど、このオークの彼女に対する崇拝っぷりは不思議に思えた。

「は、はぁ……」

もちろん構わない。命を助けてもらったのだ。

断る理由など存在しない。

私がこくり、と頷くと、レウヴィスが口を開いた。

「ヨータって、知ってるよね？」

「っ、何故ヨータのことを知って――⁉」

予想外の質問に思わず彼女に向かって身を乗り出す。

「お前が意識を失っていた時に名前を呼んでいただろう」

えっ、嘘⁉

私は思わず口元を押さえ、顔を紅潮させる。

レウヴィスは私の反応に更に顔を喜色に染めた。興味津々といった様子だ。

「ねぇねぇ、ヨータって男、強いんでしょ？　どうしてそんなに強いのか教えてよ」

私は彼の言葉に引っかかりを覚える。

ヨータが強い？

私の知るヨータは強い、なんてお世辞にも言えない、弱々しい少年だ。

レベル4の支援魔導士。レウヴィスが言っていることとはかけ離れていた。

「あの、すみません、別人じゃないでしょうか？　私が知っているヨータは、レベル4の支援職の子なので……」

人違い、そう思った私は自分の知るヨータの特徴を説明する。

すると、ガロンが一層険しい表情になって唸った。

「おかしい、あの男の強さはそんなものではなかった。スキルを使った途端に全ての能力が、急激に上がって……」

「ヨータに会ったことがあるんですか？」

「ああ、つい数日前に会ったぞ」

ヨータの支援魔法はたしか全ステータスを強化できるものだった。特徴は合致している。

しかし、劇的に強くなれる、そんな代物ではなかったはずだ。

彼の様子を見るにもっとすごいもののようである。やはり別人なのだろうか。

私は彼らとの認識の食い違いに首を傾げる。

「その、ヨータと名乗っていた男の外見はどうなの？」

これを聞けば私の知るヨータであるかどうかは少なくともわかるはずだ。

そう考え、ガロンに聞いた。

「その男は……」

彼から外見の特徴を余すことなく聞き出す。

それは、間違いなく自分の知るヨータのモノだった。

「……ヨータだわ」

ヨータが強い？

一体どういうことなのだろうか。ついこの間、まさに〝弱い〟ことを理由にパーティーを追い出されたばかりだ。

わけがわからない。

……もしかして、このオークが想像以上に弱い？

「なんだぁその目は！　めちゃくちゃ失礼なこと考えてるだろ！　おい！」

オークの方を見つめながら思案していると、オークは怒りだした。

私は慌てて目を逸らす。

ドラグーンから助けてくれたのだ。

そんなわけない。

「おい、目を逸らすな、女！　おい！」

「ガロン、うるさいよ。それより、キミがヨータに最後に会ったのっていつ？」

「と、一〇日前に喧嘩して、それっきり……」

レウヴィスの質問に私がビクビクしながらそう答えると、急に彼女の纏う雰囲気が変わる。

急速に周囲の空気が冷え込んでいくような気がした。

へぇ、とレウヴィスは今まで私が感じたことのない、ものすごいプレッシャーを発しながら満面の笑みを浮かべ、そして言った。

「ふふ、すごい、すごいよ、短期間でそんなに強くなるなんて、すごく、すごく気になるなぁ」

「ひっ……」

私が彼女に抱いていた、先ほどまでのイメージは一瞬にして消え失せる。

……今の彼女の笑顔はとても不気味に見えた。

そして、私の肩をしっかりと掴むと、更に聞いてきた。

「ねぇ、ヨータって男とはどんな関係なのかな?」

「……」

私はそれに答えることができなかった。恐怖で声が出なかったのだ。

彼女から発せられる重圧に体がすくむ。

私の様子を見て、レウヴィスは不思議そうな顔をした。

「また怖がってるね。ワタシは教えてほしいだけなのに」

「……ヨータに何を、するつもり……なの」

「レウヴィス様、殺気が漏れてます」

冷や汗を流す私を見たオークが言った。

「ああ、ごめんねー! つい興奮しちゃった」

彼女は少し考えてから、パッと私の肩を離しまた先ほどの優しげな表情を造った。だが、彼女の纏う雰囲気は変わっていない。

「……」

「警戒しちゃうよねー、でもワタシは好きなんだ、強いモノが。ただ知りたいだだけ」

レウヴィスはすっと立ち上がると、ばちこん、とウィンクしてみせる。

そんなことを言われても、目的が見えてこない。私は更に警戒を強めた。

「……ヨータは、ただの普通の探索者です。彼とは知人で、それ以上のことは知りません」

きっぱりと言い切る。嘘は一切ついていない。これで問題はないはずだ。

私の答えを聞いた彼の顔をじっと見つめる。

「――嘘だね」

レウヴィスは私の答えを、そう断定した。

「嘘なんかじゃないわ。本当よ」

「いいや、嘘だね」

「だから、嘘なんかじゃ……」

私が反論しようと口を開くと、彼女はその金色の瞳をスッと、細める。

「嘘が下手だね、……本当に。キミとヨータはただの知人関係なのかなー？　さっきのキミの反応を見た限りじゃ、もっと深い関係だったりしそうだけど」

レウヴィスは片手で輪っかを作って、その間で指をすぽすぽと出し入れしてみせた。

しばらくして意味を理解した私は、先ほどよりも更に真っ赤に顔を染め、慌ててそれを否定した。

「私とヨータはそんなんじゃない！　からかわないでよ！」

「あはは、違ったか」

「レウヴィス様、下品です」

私の反応が面白かったのか、レウヴィスは声を上げて笑った。

「そうよ、違うわ！」

恥ずかしさで耳まで赤くなる。

彼女はひとしきり私の反応を楽しんだ後で、ようやく話題を元に戻す。

「じゃあキミは何を隠しているのかな？　こっちは質問をしているだけだから、ちゃんと答えてほしいなぁ」

彼女から発せられるプレッシャーが増す。私は全身にぞわぞわと鳥肌が立つ。

心臓が危険を知らせるように高鳴っていた。

私は負けじと彼女のことを睨みつける。

「……どういうことかな？」

レウヴィスは、猛獣のような雰囲気を身に纏ったまま、そう聞いてくる。

「あなたは信用できないわ。助けてもらったのは感謝するけど、これ以上ヨータのことは、話せない」

「うーん、命の対価としては随分と軽くしたつもりなんだけど、だめか」

「ええ、悪いけどこれ以上はっ……、かっ⁉」

私は急に苦しくなり、胸を押さえる。

体中を痛みが駆け巡り、その場に倒れ込んだ。

何かされた。

それだけは理解できた。

レウヴィスは悶え苦しむ私を冷たい表情で見つめている。

「な、何を……」

しばらくして痛みが治まると、肩で息をしながら彼女に聞いた。

彼女は冷酷な笑みを浮かべて答える。

「いやぁ、大したことはしてないんだけどね。キミを治した時に再生させた部分がまだ馴染んでないみたいだ」

するると、また先ほどの激しい痛みが再び襲ってくる。

あまりの激痛に声を出すこともできない。

「……！ …………！」

「はは、面白いね。まだ操れるよ」

彼女はこちらに向かって手を差し出すようにして何かを握ってはそれをパッと離すような動作を繰り返す。

彼女が拳を握るたびに痛みが波のように襲ってきた。

「う、うぅ……」

「うーん、こっちも身を切る思いでキミのことを治したっていうのに、そんな顔されたらワタシも落ち込んじゃうな、ほら」

そう言ってレウヴィスは自分の尻尾を手で摑んで私に見せてきた。

彼女の尻尾は、途中から先が切れてしまったのか、なくなっているように見えた。

身を切るって、まさか……！

「まぁ、すぐに再生するんだけど」

澄ました表情の彼女がそう言うと、切断面からあっという間に尻尾が生えてくる。

「と、まぁこれでわかったでしょ。ワタシのおかげで今もキミは生きてるってこと。だから、ね？」

彼女はそう言って選択を迫ってくる。

痛みと緊張で流れ出た汗が一滴、私の顔から滴り落ちた。

「レウヴィス様、少しやりすぎな気もしますが……」

と、私たちの間にガロンが割って入った。

彼はレウヴィスにそう進言する。

「ふふ、彼女が心配なのかい？　ガロンは随分と人間に優しいじゃないか」

「いえ、それは……」

彼はレウヴィスにそう言われ、口ごもる。

レウヴィスはその反応が面白かったのか、また声を上げて笑った。

ひとしきり笑ってから、ガロンに指示を出す。

「わかったよ。キミのそういうとこ、結構好きだし。ガロンには後で頼みたいことがあるから、とりあえずあっちで待機してて」

「っ、はい。了解しました」

レウヴィスにそう指示され、ガロンは奥の部屋へと消えていく。

この空間には、彼女と私の二人だけとなった。

「ははは、ガロンにああ言われちゃったしまぁ、これくらいにしといてあげるよ。で、もう一度聞くけど、ヨータのことで知っていること、全部聞かせてくれないか？」

「……嫌よ」

「……丁寧に聞いてるんだけどなー」

私がなおも拒否すると、レウヴィスは声を低くしてそう聞いてくる。怒っている、まではいかずとも少し苛立っているようだ。

おそらく彼女が本気で私を殺そうとするのなら、私は抵抗することすら叶わないだろう。

ここで答えなかったら、更に酷い目に遭わされるかもしれない。

私はそれでもヨータを売るようなことはできなかった。

すでにドラグーンと戦った時に死んでいたようなものなのだ。

私なんて、どうなっても――。

「強情だね。……本当は自分が可愛くて仕方ないだろうに」

彼女の言葉に思わず、ピクリ、と反応してしまった。

「あれ、適当に言ったんだけど図星だった？　ねぇ」

「違う……」

「キミは臆病だ。ずっと何かにつけて、怖がってばかりいる」

「違う！」

「……間違ってないみたいだね。その反応を見る限り」

レウヴィスはそう言うと、嘲るような笑みを浮かべる。

私は激昂《げっこう》した。

「違う！　あんたに何がっ」

「違う？　どこが？」

「……っ」

レウヴィスは静かな声で囁《ささや》く。

「臆病で、すっごい怖がりだけど……けれどそう思われたくないから、必死に嘘をついて、虚勢を張って、ずっと誤魔化してるんでしょ?」

「……」

「素直になりなよ、その方が楽になれるよ」

「——あんたに何がわかるってのよ! 何も知らないくせに」

否定できないのが悔しかった。

私は半ば八つ当たりするようにそう言い返す。

「別に、知らなくてもわかることだよ。ワタシが興味あるのはヨータのことだけだしね。キミがどうとかはどうでもいい」

「うるさい! これ以上適当なこと言わないで! 私は、そんなんじゃ、そんなんじゃ……」

耳を塞いだ。これ以上聞きたくない。そんな惨めな私を見て、レウヴィスは心底愉快そうに笑った。

「はっは、現実からそうやって目を背けて、やっぱりそれがキミの本質だよ。それは間違いない」

笑いすぎて息が苦しくなったのか、彼女は深く深呼吸をする。

「……ふう。まぁ、それでもいいや。ヨータとそれなりの仲なのはわかったし」

仲? そんなものはもうとっくに壊れた。

今の私には何もない。

一体どうしようというのか。

「ギルドはもう救出隊でも出す頃だろう？　だから、ガロンにキミのことを伝えてもらう……キミは特級探索者だ。まず食いつくはず」

「あっ」

レウヴィスは私の探索者証を胸元から取り出してみせた。

彼女は大して興味がない様子で、ちらりとステータスを眺めると、すぐにカードから手を離す。

私は慌てて地面に落ちた自分の探索者証を回収した。

「……んで、ヨータを連れてきてもらうだけ。簡単でしょ？」

つまり、私はその餌ということなのか。

顔を上げて彼女を見る。

「キミの欲だって満たせるしお互いＷｉｎ－Ｗｉｎじゃないかな？　キミも本当は望んでることでしょ？」

追い打ちをかけるようにそう言われ、私は再び顔を俯かせる。

「キミはここで餌として、そうやってずっと助けを待っていればいい。そう、まるで……」

――お姫様みたいに、ね。

私の頭からは、しばらくその言葉が、こびりついて消えることはなかった。

第四章 迷宮の主

「これってきっと……！」

アリサは血を見たというのに、顔を輝かせてこちらを見た。

でも、確かにこの血はミカのものかもしれない。僕の中に少しだけ、希望が生まれる。

「はい、もしかしたら……まだ生きてるかもしれない」

「じゃあこれを辿っていけばミカちゃんを！」

助けられるかもしれない。そうとなればいても立ってもいられなかった。

その血痕を辿って奥へと進んでいく。もう藁《わら》にも縋る思いだ。

ヨシヤたちも僕の後を追ってくる。

「ねえ、きっとミカちゃんは無事でヨータ君の助けを待ってるよ！」

「……はい」

「だからさ、頑張りましょ」

「おい。アリサ、あまり期待を煽るようなことを言うな……別に可能性が低いとは言わないが、何があってもおかしくないのが迷宮だ。憶測は災いを呼ぶぜ」

「でも……」

そうやって明るい声で僕を慰めてくれるアリサにヨシヤが少しキツめの口調で注意した。

アリサはヨシヤの言うことに納得できなかったようで、不満そうな声を漏らす。

「お前なぁ、ミカがまだ無事だと決まったわけじゃないんだから……」

「――いいんですよ。ありがとうございます、気持ちは伝わりました」

アリサに説教を始めようとしたヨシヤの言葉を僕は遮る。

ヨシヤはまた僕が先ほどのように取り乱したりしないかを心配してくれているんだと思う。

でもアリサに悪気がないのはわかっているし、そんなことで言い争いになってほしくはない。

「心配させちゃってすみません。でも、もう大丈夫だから気にしないでください」

僕は話はそれきりとばかりに歩みを進める。余計なことに時間を割いているわけにはいかない。

彼らもこれ以上何かを言ってくるようなことはなかった。

先へ、先へと歩を進める。

血痕は迷宮をずっと下っていく方向に続いていた。僕たちはそれを素早く、しかし慎重に辿っていく。

痕跡は、奥に進むにつれて更に暗くなっていく道に、途切れることなく続いている。一体どこまで歩いていったのだろうか。

ミカに一体何が……。

「随分と、遠いんだな」

「ええ、もう二時間は歩いているわね」

「うーん、でもミカにはそれだけの元気があったってことなのかな?」

ヨシヤたちもさすがに少し疲れが出てきたようだ。

深層は広い。

それゆえにそんな所をずっと駆け巡っていたら、疲労が溜まるのは必然だ。

加えて危険な場所でもあるために、精神的な疲れもそれなりにあるのだろう。

僕は少しその様子を見て考える。

……ここで少し休みを挟んだ方がいいのだろうか。

しかし、もう彼女が置き去りにされてから丸二日以上経っている。

これ以上時間を空けるのはよくない。

この出血量だ。

致命傷でなくても、命を落としてもおかしくない量……いや、悪いことばかり想像するのはよそう。

彼らは完全に志願兵《ボランティア》だ。上級探索者の身で深層に潜る危険を冒してまで、ついてきてくれている。

僕は正直迷っていた。

いくら考えたところで埒《らち》があかないので、聞いてみることにする。

「……皆さんさすがに疲れてきてませんか？　も、もしよかったら少しだけ休憩でも」

「馬鹿野郎、俺たちゃそうそうへばりやしねぇよ！　五体満足の俺たちと、大怪我してるミカとどっちが大事なんだ」

即答だった。

それどころか、ヨシヤにはそう叱咤《しった》されてしまう。アリサもセイジも僕に向かって親指を立ててみせる。

「ヨータ！　私たちは大丈夫だからさ、早く助けに行ってあげなくちゃ」

「自分より辛い目に遭ってる人がいるのに呑気《のんき》に休んでなんかいられないよ」

「……ありがとうございます！」

彼らの温かい言葉に僕は胸がいっぱいになる。

「ほら、行くぞ」

「はい！」

ヨシヤに促され、僕は前を向く。

悪い想像ばかりしていてもどうにもならないのだ。僕は彼らと共に奥へと突き進んでいく。

あと少しで、ミカを助けることができる。

そう信じて。

「……ねぇ、ここから先の地図は？」

と、セイジが急にそんなことを聞いてきた。足は止めずにどうしたのか問いかける。

彼は地図を取り出すと、とある地点を指差して僕に見せた。彼が指した場所は、先ほどの通路の入り口付近だ。

僕たちがミカの腕とドラグーンの死体を見つけた場所だ。

それはいいのだが、僕たちの今いる通路の入り口から先の地図が……なかった。

「まさか、ここから先って未踏破区域なの？」

アリサが立ち止まって言った。僕たちも立ち止まる。

「そう、みたいですね」

僕も確かに立ち入ったことのない場所だ。

今までは僕が道を知っていたために多少無理な移動も行えたが、少しまずいかもしれない。

その懸念をヨシヤも同じふうに考えたようで、それをセイジに問い詰める。

「おい、地図がないってことはもしこのまま突破できても、帰りで迷う可能性もあるんじゃねぇか？　どうするんだ」

そう聞かれたセイジは、特に答えに詰まることもなく、メモを懐から取り出すと、それもみんなに見せてきた。対策は考えていたようだ。

「ああ、安心して、地形なら僕がメモするよ」

「なら心配ないな。ヨータ、心配はいらねぇ、行くぞ」

ヨシヤはすぐに切り替えて歩き始めた。

「ええ!?　本当に大丈夫なんですか？」

僕は思わず聞き返した。

「大丈夫よ、セイジの記憶力は迷宮でもピカイチだから」

「そうそう、僕のアタマ、舐めないでもらいたいね」

なんにせよ、行くしかないか。

「わかりました、お願いします」

「ああ、僕にお任せあれ！」

言葉どおり、彼のメモのおかげで、帰りで迷う、ということもなさそうだった。

セイジはほとんど走るペースも落とすことなく、素早く地形を描き記していく。

この後は、特に魔物に遭遇するといったこともなく、奥まで安全に辿り着くことができたのだった。

「ん？　……これで行き止まり？」

奥まで来たはいいが、その先は行き止まりになっていた。血痕は行き止まりの壁へと続いている。

他に道を探すが、後ろの僕たちが通ってきた道以外は壁で囲まれてどこにも抜け道はないようだ。

行き止まりの壁を、試しに触ってみる。

よく見ると、壁には何やら四角い溝のようなものが確認できる。暗いからすぐには気づかなかった。

「扉だ」

「扉ね」

「扉だね」

「……扉、みてぇだな」

それ以外の感想が出てこない。

迷宮で扉の類は今まで一切見なかった。それが唐突に一つだけ、迷宮の奥にあったのだ。

大きさはかなりある。大型のオーガでも楽に通り抜けられそう。

血痕がこの先へと続いているからには、入る方法があるはず。

だけどその方法は見当もつかない。

僕たちはゴクリとつばを飲み込んだ。

「ねぇ、こんなの初めてなんだけど……」

「そうね、どうする？」

セイジとアリサは隣でヒソヒソとそんなやり取りをしている。

どうするも何も、この扉を開けなければ先には進めないのだ。

ただ、一体この先には何があるのか。警戒せずにはいられない。

でも、ミカはこの先にいるはずだ。

——行くしかない。

僕はそう考えて、扉に手をかける。

「……どうやって開けるんだ？」

これでは入れない。扉を開ける方法を考えないと。

「ビクともしない」

「壊……せるのかな？」

「わかりません」

じわりと手に汗が滲む。

ここまで来て諦めるわけにはいかない。僕は一度深呼吸をして、気持ちを落ち着かせる。

「考えるより、まず試す方が先でしょ」

アリサが言った。

「おい、罠《わな》とかがあったらどうすんだよ」

攻撃魔法を詠唱し始めたアリサにヨシヤが文句を言う。

「もしあるならみんなとっくに死んでるわよ。入らせたくないのに扉の前まで何も対策しないの？」

でも、確かにこの先に罠があったら……。

「ほらほら、もう撃つからどいて！　時間がないんだか……ら」

そうして、アリサがみんなを押し退けて、全力の魔法を放とうとした瞬間だった。

「え？　……うわっ」

内側から扉が開いた。

まだ扉の目の前にいた僕は鼻の頭に重い扉の縁がもろに当たり、軽く吹き飛ばされる。

地面に尻もちをついた僕は、突然のことに目を回しながらも、中から出てきた者を見る。

ヨシヤたちは素早く武器を構えた。

「何者だ！」

ヨシヤが叫んだ。

扉から出てきた者は、彼らを気に留めることもなく、中から外へと進み出てくる。

「あ？　なんだテメ……」

ボッ!!

そして、ヨシヤたちに気づき、声を発した瞬間。

「ごめん。誤射った……」

彼の顔面にアリサの攻撃魔法が炸裂した。

「お、おいアリサ……」

セイジは声を震わせながらアリサの顔を見た。アリサは青い顔で固まっている。

爆発の際に発生した煙で、扉から出てきた者がどうなったかは見ることができない。

「……やっちまったか？」

ヨシヤが冷や汗を垂らしながら言った。が、煙の中からさっきの野太い声が聞こえた。

「……こ、こんのやろぉ……出会い頭によぉ……」

煙が晴れる。

「ミ、ミスだから！　ミスだからノーカンにして！」

「そんなんで納得できるかバカヤロー!!」

「ひいいいごめんなさいいいいいいいい!!」

どうやら無事だったようだ。声の主は顔面からブスブスと煙を上げながら怒り狂う。

「待てコラ！」

「ぎゃあああああああああ！」

扉から出てきた者はアリサをその場で追いかけ始めた。

「……ええ」

ヨシヤたちは呆然とその様子を眺めている。僕も一緒になって数秒硬直して、慌ててかぶりを振る。

いや、時間がないんだ。止めないと。

「あの！　もうそれくらいにして、許してもらえないでしょうか！」

「うるせぇ！　俺はこいつに一発拳骨食らわせるまで……」

「「あ」」

そして、僕と目が合った。毛むくじゃらの厳つい頭に、骨太で筋肉質な体。その人物は――。

昨日のオークだった。

✣

「なんでこんな所にいるんすか」

「……あー、これはだな」

僕とオークは向かい合って座っていた。

オークはポリポリと頭を掻きながら、言葉を濁す。後ろでは武器を下ろしたヨシヤたちがヒソヒソと何か言い合っている。

（ねぇ、どういうことなんだろ）

（知らねぇよ、俺に聞くな）

（知り合い、みたいだね）

（（謎だ））

かなりこの状況に困惑しているようだ。

スキルの効果で耳が良くなっているためか、丸聞こえだったけど。

「……あーもう面倒だ！　ヨータ、本題に入らせてもらう。俺はこれからお前を呼びにここを出るつもりだったんだ」

「僕を呼びに？　どうして」

「レウヴィス様に頼まれたんだ」

レウヴィス？

誰のことだかさっぱりわからない。思わず聞き返す。

「レウヴィス様は……クソ、話がややこしくなるから今は聞くな」

「あ、ああ」

「そのレウヴィス様が、お前にすごく興味を持っていてな、会いたくて仕方がないそうだ」

「はぁ」

説明されればされるほど疑問は深まる。

何故僕に興味なんか？

そもそも何故僕のことを知っている？

「とにかく、今からお前にはレウヴィス様と会ってもらう。いいな」

「いいな、ってイマイチピンとこないんですけど」

そんなことを急に言われても困る。僕にはそれよりも今大事なことがあるのだ。

そう、僕は今、ミカのことを捜しているのだから。こんな所で油を売っている暇はない。

「すみません、今はそんなことをしている場合じゃないんです。実は、人を捜していて」

だから、僕は断ろうとする。

すると、オークの口からは意外な言葉が飛び出した。

「ああ、知ってるぞ。お前は女を捜してるんだろう?」

「……なんでそれを!」

僕は思わず身を乗り出す。

どうしてミカのことを知っているのか。それをオークに問い詰める。

「ミカは、ミカはどこにいるんですか! 無事なんですか! 教えてください!」

「お、おい。落ち着け、そういや、ミカって名前だったか。まぁ、それはそれとして、女なら俺が助けた。ドラグーンに食われかけているところを見つけたんだ。その時はかなりやばかったが、レウヴィス様が治療してくださったからまだ生きているぞ」

オークは若干身をのけぞらせつつ、答える。

「良かった、無事なんだ……!」

ミカが生きている。そう言われて、僕は安堵《あんど》に体を脱力させる。

早く会いたくて、オークに場所を聞く。

「彼女を、ミカを助けてくれて本当にありがとうございます! それで、彼女は」

「この先にいる」

オークはあっさりと答える。

「その、会いに行きたいです! 詳しい場所を教えてください!」

ならば話は早い。今すぐ行こう。

「いいぞ」

「やった!」

「ヨータ、良かったな」

僕が喜んでいると、ヨシヤたちも一緒に喜んでくれた。今はただミカが生きていたことだけが嬉しい。

嬉しくて仕方がない。

オークはそれを見ながら立ち上がると、扉の方へ戻り、再びそれを開いた。

「入れ」

僕はそれに従い中に進む。そこにヨシヤたちも続こうとした。が、オークがそこに突然割り込んだ。

ヨシヤたちと引き離されてしまう。

「入れていいのはヨータだけだ。レウヴィス様の指示だ。お前たちはここにいてもらう」

「えっ、どういうこと」

僕は驚いて振り返る。オークに阻まれたヨシヤたちも何やら騒いでいる。

「……いいからお前は早く行け」

オークはそう言って外から扉を閉めてしまう。この場には僕一人だけになってしまったのだった。

こちらから開けようと扉に力をかけるのだが、ビクともしなかった。

オークが押さえているのか。

扉に耳を押し付けてみると、わずかに向こうの会話内容が聞き取れた。

『おい！　オーク！　どういうつもりだ！』

『どうするも何も俺は俺の主の命令に従っただけだ』

オークと三人が言い争っている。

『なんだと!? ヨータ君をどうするつもりだ！』

『知らん』

『どうしてもなの？』

『駄目だ』

アリサが聞くが、オークはばっさりと切り捨てる。

一体何故……。

『それよりも、テメェに拳骨まだ浴びせてねぇからな！ その続きだ！』

『え、それはほら、不可抗力っていうか、無効じゃない？ ほら！』

『んな屁理屈通じるか！ 覚悟しろ女ぁ！』

『いやあああああああ！ ねぇ、ヨシヤ！ セイジ！ ちょっと助けなさいよ早くほらあああああああ！』

何やってんだ。

「……行こう」

ともかく、僕はこの先に進む他ない。奥へと足を進める。
二、三歩進んだ所で僕は辺りを見回した。扉の先は妙に生活感に溢れている。
何が入っているのかはわからないが、大きな樽やその他地上でもよく見かける雑貨などいろいろ乱雑に置いてあるようだ。

……正直、足の踏み場もないほどだ。

もしかして、ここがオークたちの住処なのだろうか。

「……いい匂い」

この先からは、食べ物の焼けるような、香ばしい匂いが漂ってくる。僕はそれにつられるようにして、ゆっくり先へと進んでいった。

奥には、扉が二つあった。大きな両開き扉と、普通の木製の扉だ。

匂いは小さい扉の方からする。僕は少し気になって、覗いてみることにした。

カチャリ。

そう小気味よく音をたてて扉が開く。瞬間、中の明るい光が僕の目に飛び込んできたため、僕は目を細めた。

中はけっこう明るい。

「おう、アニキぃ！　飯ならあとちょっとだぜ！　もう少し待って……く……れ……、え？」

中にいたのはもう一人のオークだった。彼の手には巨大な鍋が握られていて、中では大量の鶏肉が踊るように跳ねている。

「あ、こんにちは……」

匂いの正体はこれだった。正直、食欲を刺激される。

迷宮に入ってから僕は食事をとっていない。先ほどまでの緊張が解けたこともあって、腹が減っていたのだ。

料理をしていたオークは、目をぱちくりとさせると、

「てめぇはあの時の小僧じゃねぇかあああ！」

そうやって仰天してみせた。

「ども」

……少しオーバーリアクションじゃなかろうか。

まぁそれは置いといて、ミカはどこにいるのかを聞くことにする。彼が落ち着くのを待って、僕は聞いた。

「あの、ミカっていう女の子がここにいると思うんですけど、どこにいるか知りません？」

「はぁ？　誰だそれ」

僕はそう聞いたのだが、彼は知らないようで、首を傾げた。僕は彼女の特徴を説明する。髪の毛の色、瞳の色、背丈など容姿について、僕は事細《ことこま》かに説明すると、ようやく彼は思い至ったようで、パン、と手を叩いた。

「あー、アニキが連れてきたあの女のことか」

「そうです！　ミカはどこに……！」

僕は目を輝かせて彼に詰め寄った。

鼻息荒く興奮している僕にオークは軽く引いている様子だ。彼は先ほどのアニキオークと同じように軽く体を僕からのけぞらせながら、教えてくれた。

「お、おう。アニキはレウヴィス様の所に連れてったぜ」

ああ、レウヴィスって人と会えってアニキオークにも言われたな。僕はそのレウヴィスがどこにいるのかを聞いた。

「レウヴィス、さんはどこに？」

「……様をつけろ様を！」

駄目らしい。

そう叱りつけられる。

彼らにとって相当に高貴なお方のようだ。

「すみません。レウヴィス、様はどこへ……」

「……まぁいい、さっき大きな扉が隣にあっただろ、そこの奥だよ」

彼は特にそれ以上怒ることもなく、親切に教えてくれた。

「ありがとうございます！　では！」

僕は大きな声でお礼を述べるとくるりと振り返って一直線に出口へと向かう。

しかし、部屋を出ようとしたところで子分オークに引き止められた。

「おい、ちょっと待てぇ！」

「はい？　どうしたんですか？」

僕は動きを止めて再び彼の方を見る。彼は少し考えるように口を開いたり、閉じたりして……

ぷい、と顔を逸らして言った。

「お前、腹減ってんだろ。……食ってくか？」

「いえ、そんなことは全然……」

いや、正直食べたい。食べたいが今はそんなことをするわけには……。

「さっきから俺の料理ガン見してたじゃねぇか。人が喋ってるのによぉ」

ギクリ。

「そんなことは」

「嘘つけ、絶対見てただろ」

「……すみません」

図星をつかれて軽く焦る。ちょっと失礼だったかもしれない。

僕は観念して素直に謝った。

オークはニカリ、と笑うと僕に自分の料理を食べるよう勧めてきた。

「食ってけよ。今日はアニキのおかげで豪勢なんだ。ちょっとくらいお前が食ったってなくなりゃしねぇよ」

「でも……」

僕は、少し迷ってしまう。だが、お腹が減っていることよりも、ミカに早く会いたかったので、せっかくの好意だが仕方あるまい。

「すみません、僕はミカに一刻も早く会わなきゃいけないので、本当すみません」

「なんだよ、そういうことなら仕方ねぇな。早く行ってこいや」

「はい、では……」

ぐぎゅるるるる……。

そう言って部屋を出た直後に僕のお腹は大きく音を立ててしまった。

❖

「ん、美味しい」

さっきの音は、しっかりと彼にも聞こえていて、結局料理をいくらか渡されてしまった。

彼が僕に持たせてくれたのは、鶏肉に衣をつけて油で揚げた、地上では聞いたことのない料理だった。

わざわざ食べやすいように串に刺して渡してくれた。

スパイシーな味付けでカラっと揚がった衣の内には肉汁溢れる柔らかいお肉があり、とても美味しい。油はそこそこ高価なので、ここまで豪快に使った料理を見たのは初めてだった。

「……こっちで合ってるんだよね」

僕は彼に聞いたとおりに、レウヴィス、様のいる所へと向かっている。

扉の向こうはさっきと同じように、とても長い通路になっていて、その長い通路には等間隔で松明《たいまつ》が壁にかけられていた。

僕は明るい光に照らされながら通路を進んでいく。五分ほど進むと、出口の扉らしきものが見えてきた。

「ここか」

扉の前まで来て一旦立ち止まる。

……ここにミカがいるんだ。

「……ふぅ。よし」

はやる気持ちを深呼吸して落ち着けてから、僕は扉を開いた。

扉は金属製で、かなり重かった。なので精いっぱい力を込めて開ける。そうして扉を開けた僕の目に、中の景色が飛び込んできた。

「なんだこれ……」

僕は中の様子を確認して、驚愕する。

そこにはとても不思議な空間が広がっていた。壁一面に、扉、階段、通路のようなものが見える。

それどころか天井にまでそれは広がっている。

光源がどこにあるのかはわからないが、淡く青い光に照らされているその空間に足を踏み入れた。

「……どこにいるのかな」

今のところ人の気配は感じられない。

僕が見える範囲には誰もいなかった。ゆっくり歩きながらキョロキョロと辺りを探し回る。

しばらくすると突然、どこからともなく声が聞こえた。

「おっ？　これはこれは～！　随分と早く来たねぇ。ヨータ、で合ってるよね」

「……誰ですか」

姿の見えない声の主に向かって僕は聞いた。声の主は笑いながら答える。

「ん？　ガロンから聞いてないのかい？　ワタシがレウヴィスだよ」

この声がレウヴィス？　随分と声が高いな。まるで子供みたいだ。

それとオークの彼はガロンっていうのか。初めて知った。

声はだんだんとこちらに近づいてくる。

「今からそっちに行くから待っててねー、よっ」

「……っ⁉」

ズンッ
と、そんな大きな音と共に突然目の前に人が現れた。僕はびっくりして思わず後ずさる。

「やぁ、ヨータ。初めまして」

目の前の人物は、僕に向かって手を上げると、そう挨拶してきた。

「あ、え、初めまして……」

驚きで口ごもりながらも、僕はなんとか挨拶を返す。

女性……だ。彼女のそこそこ主張の激しい胸元がそれを物語っている。

滑らかな流線型を描くボディは、女性らしさを主張しつつもよく引き締まっている。

「こっちこっちー！　早く来なさい」

そんなフザケた態度でレウヴィスは僕を手招きした。少し警戒しつつも、黙って僕は後をついていく。

「その、レ、レウヴィス様はなんで僕のことを？」

隣を歩きながら、僕は疑問を口にした。

「あー、またか。ガロンたちが変なこと吹き込んだな……様なんてつけなくていいよいいよ。むしろ次言ったら殴る！」

え、殴るの⁉

レウヴィスは握り拳を作ってにひひと笑う。

「あはは、気をつけます……」

身長は僕とそう変わらない、いや、少し低いくらいかな。少し浅黒い肌に、金色の綺麗な目をしている。

ただ気になるのが、彼女の頭には角が生えていて、お尻にはしっぽが生えていることだ。

「珍しい？　やっぱみんな同じ反応するねー」

同じ反応ってことは、ミカのことだろうか。……そうだ。ミカのことを聞かなきゃ。

「あ、レウヴィスさん！　ミカって子がここにいると思うんですけど……！」

「あー、あの女の子のことね。あの子ならしっかりと治療しといたよ。今その子の所に向かってるから」

「本当ですか！　ありがとうございます！」

やった。またミカに会える。

「ふふー、そんな礼を言われるようなことはしてないよ」

レウヴィスは謙遜するようにそう言った。

しかし、本当に良かった……。

ミカが死んでいたら、僕は……立ち直れないかもしれない。彼女には感謝してもしきれなかった。

と、ふと、先ほどはぐらかされてしまった疑問を思い出し、レウヴィスに聞いてみる。

彼女が何故かすでに僕の名前を知っていることだ。

「そういえば、何故僕の名前を？」

「あー、それはガロンに聞いたんだ。初対面なのにびっくりしたよね……っと、着いたよ」

「……ミカ！」

そこには石の台のようなものが置いてある。

台の上には、赤毛の少女が顔を膝に埋めて体育座りしていた。間違いない、ミカだ。

「ミカ、無事でよかったよ！　本当に……どうなることかと」

僕は喜びと安堵に弾んだ声で彼女に声をかける。その声を聞いた彼女はピクリ、と肩を震わせた。

「ミカ、帰ろう」

本当は、彼女を抱きしめたい。

けど、ミカはまだケガをしているかもしれないから、なんとか我慢する。

「帰って、ゆっくり休もう」

「……」

僕は、彼女にそう呼びかけた。だけど何故か彼女は反応しない。

「ミカ……？」

僕は不思議に思って再び彼女に声をかける。

俯かせていた顔を上げてこちらを見た彼女の顔は、僕が目に入っても、暗いままだった。

「……おい？　ミカー？」

僕は近寄って肩に手をかける。

「なぁ、ミカ、どうしたんだよ」

一体どうしたのか、僕は気になって彼女の顔を覗き込んで問い詰めてみる。でも、僕がいくら声をかけても彼女は何も答えない。

「ミカ！　一体どうしたんだよ……もう大丈夫だから、ほら」

僕はミカを安心させるようにそう言って、彼女の前に右手を差し出す。これでも反応がない。

困り果ててしまった僕は彼女の前でしばし考え込む。

彼女は長時間迷宮で取り残されていたせいで、かなり憔悴《しょうすい》している。

きっとそのせいだ、そうに違いない。

もう、こうなったらいっそ僕が背負って行くべきだろうか？　正直、歩けるのなら歩いてもらいたい。

僕の支援魔法があれば、肉体的な疲労はほとんど無効と同義だけど、彼女を背負ったままだとモンスターとの戦闘時に、思うように動けない可能性がある。

ここは悩みどころだけど……。

「そうだ、今回はヨシヤさんたちがいるんだ。戦闘は彼らに任せよう。ミカ、僕がおんぶしてあげるから。疲れてるんだろう？　遠慮しなくていいから」

本来一人で捜しに来るつもりだったが、結局ギルドから引き止められ、臨時のパーティーを組まされることになった。

パーティーを組むことを強制された時は煩わしくも思っていたが、彼らの実力は一流だったし、今ではすごく助かったと思う。

僕は彼女をおんぶしようと腕を摑んで立ち上がらせようとすると、彼女が僕に会って初めて口を開いた。すごくか細い声だった。

「……って」

「へ？」

僕はよく聞き取れなかったため、思わず聞き返した。

すると、今度ははっきりとした声でその言葉を口にする。

「……帰って」

「え、だから一緒に帰ろうって」

言葉の意味が理解できずに僕はきょとん、とした。彼女は僕とは目を合わせようとせず、鋭い声で僕の申し出を拒否する。

「だから、一人で帰って！　あんたは悪くない、けどだめなの……」

なんで？　まったく理解できない。

……ひょっとして、まだあの時のことを気にしているのだろうか。

「ミカ。この間のこと、まだ怒っているなら謝るよ。僕が間違ってた、だからさ……」

「違う、そうじゃないの」

これも彼女に否定されてしまった。一体どうしろというのか。

もう無理やりにでも背負っていくか。

「うーん、一体どうしたのか僕にはわからない。だけどミカが今すごく傷ついて、辛いのはわかったよ。とりあえず帰ろう、僕が背負うから」

……失礼するよ。

そう言って僕はそっと彼女に触れる。

彼女は少しだけ抵抗する様子を見せたが、すぐに大人しくなった。

彼女の腕、じゃ無理な体勢になってしまうから、……どこに触れていいのか少し迷って、脇から彼女の背中に手を回して抱っこする形になってしまった。この体勢はいろいろとまずい。

彼女の息遣いが耳のすぐ横で聞こえるし、何よりも僕の胸の辺りに当たっているものがヤバイ。

僕は慌てて彼女の抱っこの体勢を変える。

いろいろ試してみて、結局お姫様だっこの形に落ち着いたのだった。

まぁ、これでも彼女の柔らかい太腿《ふともも》の感触が伝わってきて、僕の心臓には悪いのだが、良しとしよう。

ふと、僕に抱っこされているミカの顔を見てみたら……。

「……そんなに嫌ですか」

酷い表情だった。僕は軽く傷つく。

しかし、ヨシヤたちをすでにだいぶ待たせてしまっているので、さっさとここを出なければ。

落ち込むのはその後!

僕はレウヴィスさんにお礼を言ってからここを出ようと横で見ていた彼女の方に向き直ったのだが……。

「ふーん、お姫様だっこなんてアツいねー」

「いや、そんな……レウヴィスさん、ミカのことを助けてくれて本当にありが……え？」

ドッゴォ!!

レウヴィスはニコニコしながらこちらに近づいてきたかと思うと突然、攻撃を仕掛けてきた。

彼女の拳は地面にめり込み、そこを起点にして放射状にひび割れが作られていく。

とてつもない威力だった。およそ人の出せる力じゃない。

「な、何するんですか！」

僕は間一髪のところで避けることができた。

自分で動いたのではない。体が勝手に動いたのだ。まるで生存本能が警鐘を鳴らしているようだ。

心臓がバクバクと高鳴っている。

原因はレウヴィスから発せられるプレッシャーだ。

「いや、本当にお似合いだと思うよ。本当に」

深層のどのようなモンスターでもここまで恐怖を抱いたことはないだろう。

それだけの迫力を彼女は纏っていた。

こいつはヤバイ。

感覚がしきりにそう告げている。

レウヴィスはゆっくりと顔を上げると、さっきと同じようにニカリ、と笑みを浮かべた。

「ねぇ、もう我慢できないよ。早く戦お？」

「何言って「――逃げて！」」

ミカが突然暴れだした。

彼女は無理やり僕の腕から抜け出すと僕の肩を摑んで必死に訴えてくる。

「私なんかどうでもいいから！　もう逃げて！　罠なの！　このままじゃ、ヨータが」

「ど、どういうこと」

「あの女は私を助けてくれたわけじゃないの！　私はただの餌よ、アンタをおびき出すための！」

餌ってどういうこと。なんでわざわざ僕をおびき出すなんてする必要が？

理解が追いつかない。

「早く、やろうよー。は・や・くー」

「えっ、と何を？」

レウヴィスは何かを急かすようにそう言った。

僕は彼女の纏う重圧に気圧されながら、聞き返す。まったく、全然話が飲み込めない。

僕の質問に、彼女はさも当然と言わんばかりの口調で、平然と答えた。

「何って、勝負《殺し合い》だよ」

「殺し合い⁉」

この人は何を突然言い出しているんだ、僕はそんな約束をした覚えはないぞ。

何しろさっき初めて会ったばかりだ。

だが、そんなことはお構いなしなようで、再び殴りかかってくる。僕はまた、間一髪のところでそれを避けた。すごい速度だった。

自分のスキルがあっても避けるのが精いっぱいなほどだ。

彼女は……人間じゃない。

「なんで、こんな！　ことを！」

レウヴィスはすぐに次の攻撃を繰り出してる。僕は必死になってそれを避け続けることしかできない。

「……はは、まだわからないの？　ワタシがタダで死にかけの人間を治すわけがないでしょっ！」

間違いなく当たったら致命傷レベルの攻撃だ。本能がそう告げている。

そうやって攻防を繰り返しているうちに、ミカとの距離が離れてしまった。彼女は悲痛な表情で僕を見ている。

ちょうどレウヴィスの後ろにいる形だ。もう先ほどまでレウヴィスに感じていたおちゃらけたイイ人、というイメージは崩れ去ってしまっていた。

今は避けるべき脅威、ただそれだけだ。

「何が、言いたいんですか？」

数分ほども攻防を続け、ようやくレウヴィスは攻撃の手を緩めた。僕は息も絶え絶えになりながら聞く。

レウヴィスは目を細め、声を低くして言った。

「対価、だよ。あの子を助けた代わりにワタシは対価を受け取る権利がある。そうだろう？」

「じゃ、じゃあ何が欲しいんですか、お金とか、装備とかそんなものしか持ってないですけど」

「違う違う、そういうんじゃないの！」

僕の答えに苛立ったのか、レウヴィスは少し声を荒らげた。

「じゃあ、どうすれば」

ま、まさか……。

「ワタシと勝負しよう。最初に言ったはずだよ」

「それは……」

「ワタシが求める対価は、〝闘争〟ただ一つ。……理解できた？」

理解はした、けど、何故それほどまでに僕と戦いたがるのか。それが解せない。

「えー、だめなの？　せっかく頑張って治したのに？」

レウヴィスは不満そうな声で聞いてくる。

僕は言葉に詰まると、レウヴィスはミカの方を指さして更に言った。

「ほら？　右腕まで治してあげたんだよ？」

言われて初めて気づいた。彼女の右腕がある。

馬鹿な、ありえない。部位の欠損はどんな方法をもってしても、治せないのだ。

一体どんな方法を使って――⁉

「ふふ、ようやく勝負してくれる気になった？」

僕が驚愕する様子を見せると、レウヴィスはそうやって聞いてきた。だが、僕は素直に頷くことができない。

怖いのだ。

僕はレウヴィスに恐怖を抱いている。ミカは殺されると言った。彼は勝負のことを殺し合いだと言った。

どちらかが死ぬということだ。頷けるわけもなかった。

僕はなんとかこの場を逃れようと試みる。

だが、レウヴィスは僕が応じないと見るや、がっかりしたように深いため息をつく。

「なんだ、キミもあの子と同じか。……仕方ないなぁ、じゃあこうしよう。君が闘ってくれなきゃあの子を殺す」

そして、そう言うと素早くミカの所まで移動し、彼女の肩に軽く触れる。

直後、突然彼女が苦しみだす。

「ミカ！　……っ、彼女に何を」

僕が驚き、ミカの方へ駆け寄ろうとすると、レウヴィスが立ちはだかった。

彼女は僕の反応を心底愉《たの》しむかのように笑い声を上げた。

そして僕の質問に愉悦の表情で答えた。

「ふー、なんか悪役っぽくて楽しいね。こういうのもアリかなぁ……さぁ、どうする？　ヨータ」

僕は選択を迫られる。

答えはもう決まっていた。

「……分かりまし——わかった。勝負、しよう」

ミカを人質に取られた、その時点で僕に選択の余地は残されていなかった。

ゆっくりと護身用に持っていた短剣を鞘《さや》から引き抜き、レウヴィスに向かって構えた。

「ふふ、やっとやり合う気になったね。じゃあ、いこうか」

ようやく戦う意志を見せた僕を見て、レウヴィスは笑みを更に深める。

「……ミカは離してください」

「ああ、そうだったね」

僕の言葉で思い出したかのように抱えていたミカを離すレウヴィス。放り出された彼女はそのまま地面に倒れ込む。

彼女に触れられている間、息ができなかったのか、激しく咳《せ》き込んでいた。

「今度こそ行くよ！　ほら、よそ見してないでさ!!」

僕がミカに気を取られている隙に、レウヴィスは襲いかかってきた。

彼女は地面を蹴り飛ばし、僕の懐へと突っ込んでくる。

「あ……かっ」

直後、僕は勢いよく後ろに吹っ飛んだ。

体はくの字に折れ曲がり、奥にあった壁まで飛ばされ、激突する。

なんの小細工もない、ただの頭突き。

(信じられない)

人間離れしている。そう思った。もっとも、彼女は人間じゃないが。

僕はゆっくりと立ち上がる。

スキルのおかげで大分ダメージは軽減されていた。まだまだ動けるだろう。

さっきは油断してしまい、彼女の攻撃を避けることができなかった。

次は同じ手は食わない。

「へぇ、やっぱりこれでも立ち上がれるんだ。ガロンだったら今のでダウンだよ」

「……どうも」

僕が立ち上がったのを見てレウヴィスは嬉しそうに笑っている。

鳥肌が立つくらい、獰猛な笑みだ。

僕は何も言わずに彼女へと短剣を持って斬りかかった。狙いは彼女の足だ。

彼女の身につけているものとか、動きを観察した限り、一番無防備になっている所でもあり、また、彼女の異常なまでの瞬発力の要と言える部位でもある。

そこさえ封じてしまえば彼女の動きを大分封じることも可能なはずだ。

「……ふっ！」

僕はレウヴィスの首元を狙うフリをしてフェイントをかける。当然彼女は首元を守ろうとして、お腹から下半身にかけてが無防備になる。

僕はそこを狙った。

（……腱《けん》だけを断つ！）

僕は短剣を振るおうと、振りかぶって——。

ゴッッ!!

突然、顎に大きな衝撃を受け、その場でひっくり返る。一瞬視界が白く明滅し、ピントが合わなくなる。

混乱しかけた頭を無理やり元の状態に戻すと、僕はすでに横に倒れ込んでいた。

こちらを見下ろすレウヴィスの方を見て、状況を理解する。

僕は彼女の蹴りを食らったのだ。

レウヴィスは長い脚を高く突き上げた状態で止まっている。

ニヤニヤと挑発するように笑って、僕の次の動きを待っているようだ。

「残念だったねぇ？　この程度じゃワタシの裏なんて掻けないよーだ」

「……クソっ」

思わず汚い言葉が口をついて出る。今までずっと支援職として後ろをついていくだけだった僕には、圧倒的に経験が足りない。

これでは勝てない。

「んー、私は殺し合い、しようって言ったんだけどさ？　キミ本気出してる？」

足を下ろし、腕組みをしながらレウヴィスはそう聞いてきた。あちらはまだ随分と余裕があるようだ。

いや、当たり前だ。僕なんか片手だけで捻り潰せる程度の存在に過ぎないのだろう。

「本気も本気、フルパワーですよ」

だが、それだけで諦める理由にはならない。このままやられてたまるか。

僕は再び立ち上がる。

「それじゃちょっとがっかりかなー。……もっと楽しませて？」

「……望むところだ！」

僕は再びレウヴィスに斬りかかる。

「はぁっ！」

「あ、今度はなかなかいい動きだね」

僕はレウヴィスの胸元に短剣を突き込む。突いて、突いて、突き入れる。

しかし、それを彼女は容易く避けてしまう。

しびれを切らし、僕は一旦ナイフをしまうと、素手で摑みかかる。それも、当たらない。

「ちくしょう、この化物……」

先ほどからずっと僕が攻撃を仕掛けては避けられ、をずっと繰り返していた。もう小一時間ほどもそんな調子のイタチごっこが続いている。

強化されたステータスのおかげでレウヴィスの動きをなんとか追えている状態だ。

だが、それだけである。

レウヴィスにはまだ明らかに余裕がある。

明らかに舐められている。そう感じ、僕は焦る。

激しく運動したことで滲んできた汗が、顎を伝ってしたたり落ちる。

「化物だなんてひどいなー。ワタシはれっきとした魔人さ。それにほら、こんなにキュートで可愛いだろう?」

……人じゃないって点で言えば、一緒だ！

わざとらしくしなを作ってみせるレウヴィスに、僕は再び殴りかかった。

剣を使うのは、もうやめた。

こんなものに頼っていても当たらなければ意味がない。僕はそれを投げ捨て、体中の筋肉を全力で使って、彼女の顔に拳を叩き込んだ。

「……っ、当たった！」

初めて当たった。僕の拳が彼女の端整な顔を思いっきり捉える。

今度はレウヴィスの方が先ほどの僕みたいに壁に向かって吹っ飛ぶ。

「どうだ！　僕だって！」

僕は彼女に向かってそう叫ぶ。正真正銘の本気の一撃だ。

レウヴィスはしばらく黙っていたが、しばらくすると、ゆっくり立ち上がる。

彼女の顔から今までの笑みは消え失せていた。

唇の端からは、少しだけ血が流れていた。

「……い」

彼女は小さい声で何かを呟く。

（……なんだ）

「いい！　すごくいい!!　面白くなってきたよ……！」

ニィ、と。

彼女はは再びその顔を笑みに染め上げた。

とてつもなく、凄絶な笑みだった。

「ああ、生きているって実感するよ。これだよ、この感覚だ！　さぁ、もっと、もっと寄越せ!!」

「……っく！」

その後は双方とも至近距離での殴り合いになった。

ドゴッォ！　バゴォ！

岩と岩を叩きつけたような轟音がこの空間全体に響き渡る。

それだけの威力をそれぞれの拳が秘めていた。

「あははははははは！　ははははははははは！」

「……何がそんなに楽しい！　ぐっ⁉」

レウヴィスは笑い声を上げながら次々と攻撃を繰り出してくる。

僕も負けじとそれに応戦した。

「はっはは楽しいからに決まっているでしょ⁉　ほら、手が緩んでるよ！」

「がっ⁉」

僕は腹を思いきり殴られて思わず動きを止めてしまう。そこにレウヴィスはすかさず追撃を仕掛けてくる。

秒間何十発もの、激しい殴打を全身で受けてしまった僕は、受け身を取る余裕すらなく、地面に転がる。

「……ふう、なかなかスリリングで楽しかったよ。ふふ、もう動けない？」

額から流れ出た血を拭いながらレウヴィスはそう聞いてくる。

僕はそれには答えずに立ち上がろうと手に力を込める。足がガクガクと震え、うまく立ち上がることができない。

（くっ……立て！）

それでも、無理やり立ち上がる。

レウヴィスは嘘か真《まこと》か、感心した様子で僕のことを称賛する。

「あれ、結構本気でやったんだけどまだ立てるんだ。すごいね、キミ」

「当たり前、だ……死ぬつもりなんかない！」

「いいねぇ、その意気だよ！」

僕はなんとか立ち上がると、レウヴィスの肩を摑み、彼女の顔目がけて頭突きをする。

彼は僕の頭を摑むと、地面に叩きつけた。だが、まだ立ち上がる。

……体が動くうちは何度でも立ち上がってやる。

そう強く決意し、再び立ち上がろうとした時だった。

「──もうやめてよ！」

今まで黙ってこの勝負の行方《ゆくえ》を見守っていたミカが、そう叫んだ。

「……ミカ」

「なんでそんなになってまで戦っていられるの？　ヨータはなんでそこまでするのよ」

「なんでって、ミカと一緒に帰るためだよ」

変なことを聞くな。

こいつは僕が逃げたら、ミカを殺すって言ったんだ。

当然だ。

「死ぬかもしれないのよ⁉　私を置いて逃げれば……！」

「それはできないよ、なんのためにここまで来たと思ってるんだ」

僕はミカを助けに来たんだ。せっかくここまで来て、今更逃げ帰れるわけがない。

「なんでよ！　アイツはアンタを殺すつもりなのよ⁉　そうまでして、なんで戦うの……」

「んー、なんだい人を殺人鬼みたいに。まーうっかりちゃっかり死んじゃうかもね」

「……っ、逃げてよ！　足手まといなんか置いてっていいから」

レウヴィスの言った言葉にミカが一層必死になって僕を説得しようと叫ぶ。

「……逃げたところで彼女は追ってくるよ。それに今更手ぶらで帰れるわけないだろ？」

「いやー、正解。キミ、ワタシのことよくわかってるね」

僕の言ったことをレウヴィスは肯定した。

ほらね。

ここに来てしまった時点で選択肢なんか最初からないんだ。

「なんでよ、……なんでヨータは私なんかのためにそこまでするのよ」

ミカは震える声でそう聞いてくる。

なんでと言われても、理由なんか一つしかない。

「……僕が、ミカを助けたいからだよ」

それ以上の理由が必要だろうか。

十分だろ？

「それに、僕はミカにいつも助けてもらってたんだ。今度は僕が助ける番だよ」

「違っ、あれはただ私が……」

違わない。

今まであのパーティーにいることができたのはミカのおかげだ。思い返せば、何度も喧嘩になった。

僕のスキルのことで。そのたびに彼女は庇ってくれた。

彼女だけが僕を見ていてくれたのだ。あの時も、あの時も。

探索者になるために、街へ来た時も。


『ヨータ！ やっと探索者になれるわね！ 私、適性は細剣士だったよ！』

彼女は興奮気味にそう聞いてきた。

嬉しくて仕方がないと言った様子だった。

僕はなりたい職業ではなく、それも一番の不人気職だったために落ち込みながら答えた。

僕は、本当は剣士になりたかった。

『……僕は支援魔導士だったよ』

『どんなスキルだったの？』

彼女は落ち込む僕を見てただそれだけ聞いてきた。

『……全能力一〇パーセントアップだって』

僕が暗い表情で答えると、彼女はパッと顔を輝かせて称賛を送ってくる。

『すごいじゃない！ だって、全能力でしょ？ すごいに決まってるわ』

『そう、かな』

『きっとみんなの役に立てる！ だから頑張りましょ』

僕のスキルのことを一生懸命褒めてくれた。

僕が落ち込まないように。

笑顔でまくし立てる彼女に、僕もそんな気がしてきて、そのうち自分も笑顔になれたんだ。

みんながレベルアップしていく中僕だけレベルアップが遅くて、それが原因でみんなと喧嘩になった時も、彼女は僕をフォローしてくれた。


『ちょっと、ヨータは悪くないでしょ！』

『だって、おかしいじゃん。ヨータだけまだレベルアップしてないんだよ？　怠けてるんじゃないの？』

『そんなことないよ！　ヨータは毎日一生懸命頑張っているわ！　毎日早起きして、筋トレして、スキルの練習もして、もう詠唱しなくても魔法が使えるようになったんだから！』

『……ふん、そうなんだ。ならいいけど』


彼女のおかげでずっと僕は救われていた。

助けられていた。

ずっと。

「……ずっと僕を助けてくれてただろ？　だから、今度は僕が助ける番だ」

「違うの、あれは……違うの」

僕がそう言うと、ミカは泣きながらそれを否定してくる。

「何が違うの？　僕は少なくとも、ずっと感謝してたよ。嬉しかった」

「そんなんじゃないの！　あれは全部、自分のためで、ただの自己満足で……！」

「……僕も自分のためにミカを助けるよ。それの何が悪いの？」

「だって！　結局口だけで、私は何もできなくて……」

「自分以外の人生をどうこうできる奴なんて、神様ぐらいだよ。普通だよ普通」

「ヨータが今こんな目に遭ってるのも、私のせいだよ？」

「気にしてない」

「でも……でもぉ」

ミカは泣きだした。

彼女の滑らかな肌を幾度となく水滴が伝う。

「——だから！　何度も言ってるだろ！　僕が！　僕のために！　自分が満足するためにミカを、君を助けるの！　これは僕自身が決めて自分から足を突っ込んだんだから……だから、ミカも、ライオルの野郎だって、誰も悪くない！　ミカ、だから君は黙って助けを待っていればいい。わかった？」

「……ヨータ」

我ながら臭いセリフだけど、これは僕の本心だ。細かい理屈なんかいらない。

難しく考えすぎたって、いいことなんか一つもなかったし。

もうやめだ。やめにする。

「ねぇ、二人の世界に入り込んでるところ悪いんだけど、もうそろそろいいかな？」

と、律儀にも今まで静かに待っていてくれたレヴィスが、とうとうしびれを切らしたようでそう催促をしてきた。

「愛情を確かめ合うのはいいんだけど、ワタシは放置プレイは好みじゃないかな」

「別に、そういう関係じゃない」

「本当にー？」

ニヤニヤとしながらレウヴィスは煽ってくる。

図星じゃない。

図星じゃないが、少し恥ずかしい。

ので、僕は拳で答えを返すことにした。

「おー、元気が戻ったみたいだね！　じゃあ、再開しよっか！」

僕の全力のパンチを先ほどと変わらず軽々と避けると、それを皮切りに、再び攻防が始まる。

今度こそ本気だ。

絶対に勝つ。

僕は今まで以上に漲《みなぎ》っていた。レウヴィスの攻撃を見切り、避ける。

そしてカウンターで拳を叩き込む。

「いやー、さっきより格段に動きが良くなってるじゃないか！　……っふ、まだ楽しめそうだね！」

確実に手応えはある。いける。

「本当に何もないの？　……ふっ！　それだけで本当に、命を！　懸けられるっ？」

レウヴィスはまだからかってくる。

僕はいい加減面倒くさくなって、叫んだ。

「ああそうだよ！　僕はミカのことが好きなんだ！　ずっとずっとね！」

「へぇ、やるじゃん。キミ、なかなかの男だね」

「そりゃ、どうもっ！」

もうどうにでもなれ！　そんな気持ちで叫び続ける。

「おっと、危ない……キミのこと、けっこう気に入ったよ」

「……化物に好かれてもねっ！」

僕は彼女の軽口に自らも軽口で返しつつ極限まで神経を研ぎ澄ます。

彼女の挑発には乗らない。

僕はミカと二人でここを出るんだ。

場所を移動しながら戦っているうちに、ミカの表情がチラリ、と視界に入る。

彼女は驚きの表情で口をパクパクと開閉させながら、固まっていた。

おー、驚いてる。

（……っ？　……っ!?）

「っは！」

僕はすぐに目を離し、隙を突こうと寄ってきたレウヴィスに、カウンターで拳を叩き込む。

殴って、殴って殴打する。

今度は手応えがあった。

確実にダメージが入っている。

「キミ、ちょっとさっきと比べて強すぎだよ……ラブパワーってやつ？」

レウヴィスが肩で息をしながら、しかし嬉しそうに言う。

「そのとおりだよっ！」

そりゃもう、思いっきり、肯定する。

テンションはもう頂点を通り越していた。

限界点すらも軽く超えて。

「僕はミカのことが！　大好きだぁああああ!!」

僕は思いっきり、力の限り、そう叫んでレウヴィスの胸に、拳を叩き込んだ。

ごキリ
彼女の胸から鈍い音が響く。手にもはっきり感触が伝わってきた。

勝負あった。

「キミ、言ってることはすっごくダサいのに、……なんか、ちょっと……かっこいいじゃないか」

レウヴィスは、口から血を垂らすと、その場に倒れ込んだ。

（……倒した）

僕はそれを確認すると、ミカの方へと近づき、彼女の手を取る。

大きく見開かれた瞳が揺れた。

僕は彼女の顔をまっすぐに見て言った。

「僕が君を助けたいから助けるんだ。僕は君がどんな人だって構わない。僕はミカのためならなんでもできる……誰にも文句は言わせない」

「ヨータ」

彼女は小さく僕の名前を呼ぶ。

僕は彼女に優しく声をかける。

「ミカが何を気に病んでいるのかはよくわからない。でも、君は悪くないと思う。現に僕は君に救われていたんだ。……それに、これからいくらでも時間はあるんだ。変わりたいと思うなら、いくらでも変われるさ」

だから――

「一緒に、帰ろう」

僕はそう言い切った。

はっとしたような表情で僕を見る。

彼女の腕が僕の差し出した手に向かって伸ばされ――

「ヨータ、後ろ！」

僕の後ろを指さした。

「……初めてだよ。こんなにダメージを受けたのは。今のは効いた。うん、すごく効いた」

レウヴィスが立ち上がっていた。

僕の拳を受けた胸部は……徐々に再生していくのが目に見えてわかった。

……やっぱり化物じゃないか。そう思いながら、僕は彼女の拳を顔面で受けた。

「うん、本当に、すごく効いたよ」

僕を殴り飛ばしたレウヴィスはそのまま僕の頭を手で鷲《わし》掴みにして無理やり持ち上げる。

そのまま自分の目線まで持ってくると、彼女は話しだす。

「もう一撃食らってたら危なかったけど、……油断したね」

「……再生するとか、ほんと、インチキにもほどがあるよ」

もうめちゃくちゃだ、なんでもありかよ。

しかし、迷宮の魔物には再生能力の高いものもいる。ミカを襲ったトリコロール・ドラグーンだってそうだ。

その可能性を考慮しなかった時点で、油断していたと言えよう。

僕は自分の顔を摑んでいる彼女の腕を両手で握りしめる。力を込めて、無理やりそれを引き剝がした。

「……ヨータ、君は強くなっている。今この瞬間も。本当に興味深い人間だよ。キミは強くなっている？　今も？」

あまり自覚はない。

僕はずっとがむしゃらに戦って、抗って、足搔いていただけだ。

どういうことなのか聞きたかったが、レウヴィスはすぐに話題を変えてしまう。

「あ、そうだ。気になっていたと思うけど、ワタシがどこから来たか知りたい？　うん、知りたいよね、教えてあげよう」

彼女は唐突にそんなことを聞いてくる。確かに気にはなっていたが……。

迷宮において、いや、全世界中どこを探しても明確に人型、と言えるような魔物は存在しない。

彼女は角以外の部分はほぼ人間と変わりないように見える。

正直、彼女の出自に興味はあったので、僕は身構えながらも、彼女の言葉に耳を傾ける。

レウヴィスは、勝手に喋りだす。

「それで、ワタシがどこから来たのかなんだけど、その前にここがどういう所なのか説明しようか。その方が後のこともわかりやすいだろう」

「……ここは迷宮の一番奥なんだろう?」

「んー、まぁそれは正しいんだけどね。厳密にはちょっと違うかな」

僕がそう聞き返すと、彼女はそれを否定した。

一体どういうことだ。

「ねぇ、ここにある扉や階段、これら全部がどこに繋《つな》がっているかわかるかい?」

「……」

わかるわけないだろ。

「そりゃそうだよね。まずここは、世界の中心。世界の分岐点だ」

中心。

分岐点。

そう言われてもいまいちピンとこない。

そんな僕の様子を見てレウヴィスは小さく笑うと言った。

「……この意味がわかるかい?」

「わかるわけないだろ」

早く教えてくれ。

意地の悪い笑みを浮かべる彼女を、僕は軽く睨み返す。

「世界の中心ってのは言葉どおりの意味さ。ここが全ての世界の中心なんだ」

「迷宮はそこまで深くないはずだよ、世界の中心なんかからは程遠いんじゃないの？」

「驚いた？　世界って意外と狭いでしょ？」

正直、簡単には信じられない。

僕は懐疑の目でレウヴィスを見るが、彼女はそんな僕には気にも留めずにペラペラと喋り続ける。

「ワタシは嘘は言っていない。ここが、世界の中心だよ。全ての世界を結ぶ、中心だ」

「全ての世界？」

「ふふ、今から説明するから、慌てない」

慌てていない。

ただ、気になるだけだ。

迷宮が、この場所がどんな所なのかはまだ誰にもわかっていないのだ。

レウヴィスは間違いなくその答えを知っている。

「あの扉やら通路やらが繋がっている先は、キミたちのいる世界とは別の世界なんだ」

「……つまり？」

「だから、ここは分岐点。全ての世界を繋ぐ中心だ」

「証拠は？」

そう聞くと、レウヴィスは無言で自らのことを指差した。

自分がここにいることこそが証拠、ということか。

「……ワタシはキミたちの世界の住人ではない。この向こうにある世界の一つから来た」

「あなたは、自分のことを魔人って言ってたけど、まさか……」

「ワタシみたいな魔人がワタシのいた世界にはたくさんいるよ。それはもう、キミたち人間みたいに」

こんな化物じみた奴らが他にもまだいるって言うの？

ありえない。

「その世界は魔界と呼ばれているんだ。もちろんキミたちの世界にも名前があるよ。人界って名前が」

「……全ての世界ってことは他にも？」

世界に名前があることなど初めて聞いた。世界は、世界だと思っていたのだ。

レウヴィスは先ほどから、全て、と言っていたから、他にもあるのか。それを僕は彼女に聞いた。

「もちろんだよ！　キミたちはエルフ、や獣人って聞き覚えがある？」

「ない……いや。小さい時に一度だけ、でも、それは単なる伝説で……」

あくまでも架空の存在として、大人たちから聞いただけだ。

だから、人間以外の人種はいない、今までそう思っていたし、そう信じていたのだが……。

「いい加減信じてもいいんじゃない？　それとも、まだ嘘だと思う？」

レウヴィスは胸の辺りをさすりながら話を続ける。

「魔界や人界の他にも、獣界、精霊界がある。そこではそれぞれエルフたちや、獣人が暮らしているんだ」

「ここはそれら全てが繋がっている場所だって言うのか」

「そう、そこの女はドラグーンにやられたでしょ。ドラグーンは元々魔界の魔物なんだ。逆にオークなんかは人界出身の魔物だったりするね。オークは地上にもいるんだろう?」

それも初耳だった。が、納得もできた。

ドラグーンの異常な再生能力はレウヴィスのその再生能力とも通ずるものがある。

僕はチラリとミカを見る。彼女と目が合った。

「キミたちの世界と同じようにそれぞれに同じような迷宮が存在するし、ワタシも魔界からこの迷宮に入って辿り着いたんだ」

「……」

「簡単に言うと、ワタシはこの先にある魔界から来たってことなんだよ」

「あんたは僕たちにとって、異世界人ってことになるんだ」

僕が聞き直すと、レウヴィスは頷く。

「そういうことになるかな。……んっ、そろそろ良さそう」

何が、と聞く前に理解する。

(しまった!)

これは時間稼ぎだったのだ。まんまとレウヴィスの策に嵌《は》まってしまった。

「疑問に思ってるね? ……決まってるじゃないか! こういうこと……さ!」

ゴォッ!!

すっかり再生が終わった彼女は、勢いよく僕の腹を蹴り上げる。避ける間もなく壁まで飛ばされる。

僕は壁に叩きつけられるが、すぐにそこを離脱するため、立ち上がろうとした。

しかし、レウヴィスに胸元を踏まれ身動きが取れなくなってしまった。

ビクともしない。

「くっ……」

見た目どおりの体重ではないのか。どちらにせよすさまじい力だ。

僕は彼女から見下ろされ、それを見上げるしかない状態だ。

レウヴィスは勝ち誇る。

「まぁ、君が話に乗ってくれて良かったよ。冥土へのみやげには十分な話だったろう?」

「うん、確かにね」

おそらく、自分以外の誰も知り得ない、とんでもない情報なのは確かだ。

「正直、キミがもっと強くなってから戦ってみたい気もするよ。でも、ワタシも負けず嫌いなんだ」

「そうですか」

僕は嫌だ。こんなこと、二度としたくない。

「まぁ、そういうことだよ。……惜しかったね。でも、キミ一人の力で私をここまで追いつめられたんだ」

「……」

でも、結局一人ではレウヴィスには敵《かな》わなかった。やはり、実力不足だろう。

「ふふ、じゃあね」

レウヴィスはそう言って脚を高く振り上げる。

僕にトドメを刺すつもりだろう。

僕は静かに目を閉じて、迫る一撃を…………なんてね。

「別に僕の仲間が一人だなんて一言も言ってないよね」

トドメの一撃が、まさに振り下ろされる直前に、僕はそう言った。言葉を聞いたレウヴィスが一瞬だけ動きを止める。

「ん？　確かにそう……！　まずいっ」

ドヒュ
彼女が僕の上から飛び退くより数瞬早く、後ろから攻撃が仕掛けられた。

レウヴィスは心臓部分を貫かれ、その場で硬直する。

彼女の口から、勢いよく血が吹きこぼれた。

今度こそ致命傷だ。まず助からない。

レウヴィスの心臓を貫いているのは、ミカだ。

ミカの右腕が彼女の胸に、背中から貫通し、突き刺さっている。

「油断、したね？」

「ふふ、そうみたい……だ」

僕は先ほど彼女に言われたことをそのまま言い返す。

彼女はそれを聞いてなお、笑みを絶やさない。

「レウヴィス、君は僕の能力を知らなかった。……ちょっと卑怯な手だけど、僕は死ぬつもりは絶対にない。悪いけど、これでチェックメイトだ」

「ふ、別に卑怯だなんて思わないさ、負けは負けだよ」

自分の胸に生えた腕を見ながらそう言った。

「ワタシはキミたちに負けた、……ただそれだけ」

「……あっけないわね」

ミカが、腕を抜き取ると言った。

レウヴィスは彼女を一瞥すると、それ以上、何も言うことなく、その場に倒れた。

勝敗は決した。

「ミカ、大丈夫か」

「ええ、もう大丈夫よ。……ありがとう」

僕から目を逸らし、顔を俯かせたまま彼女はお礼を言ってくる。僕たちはこの空間から出るために出口へと向かう。

先ほど、レウヴィスが話している最中に僕は彼女に支援魔法をかけておいたのだ。

一応合図もしておいたのだが、彼女がそれをわかってくれて良かった。

「ねぇ、私、あの人、殺しちゃったの？」

「……しょうがないよ」

彼女は、どんな理由であれミカの命を助けてくれた。

自らの命を守るためだったとはいえ、後ろめたい、罪悪感が残る。

彼女はオークたちの主でもあったはずだ。彼らにどう顔を合わせればいいのかわからない。

少し暗い気持ちになりながら来た道を戻っていき、やがて、最初のこの空間への入り口まで戻ってくる。

この先でヨシヤたちとガロンが待っているはずだ。

僕は軽く深呼吸してから、ゆっくりと扉を開けた。ミカを伴ってそこから外に出る。

「ヨータ！　無事だったか！」

扉をくぐって、まず目に飛び込んできたのは……。

「……おい、ヨータ、なんだコイツラは……強……すぎる」

僕たちのことを見て安堵する臨時のパーティーメンバーたちと、ボコボコになったガロンの姿だった。

ガロンは僕に気づくとそう言って、前のめりに倒れた。

一体何をやって……。

僕は呆然と彼らを見やった。

❖

「……お前の仲間、お前より強いんじゃないか？」

「いや、これはちょっと訳があって……ごめんなさいね」

三人に袋叩きに遭っていたオークのガロンは、アリサに手当てをしてもらっている。

包帯でぐるぐる巻き。ちょっとシュールな光景にクスリと笑いそうになる。

彼女はバツの悪そうな顔で彼に謝っている。

「……ところで、ヨータもボロボロじゃないか！　君は僕が手当てしよう」

僕はその様子を傍らで黙って眺めていたのだが、僕の今の状態に気づいたセイジがそう言って近づいてきた。

彼にそう言われてから改めて自分の状態を確認する。

……結構やばかった。左手の薬指なんかは骨が折れているし、全身打撲だらけだ。

他にも、至る所に切り傷ができている。

「ほら、とりあえずポーション飲んで」

「あ、どうも」

僕は素直にそれを受け取ると、一気に飲み干す。

味付けがされているため、薬草のエグみや苦味などは軽減されているが、やはり美味しいものではない。

なるべく味わうことのないよう、一気飲みだ。

ポーションには鎮痛と、傷の治りを大幅に促進する効果がある。

それらの効果が出るのは飲んでしばらくしてからなので、あとはじっとしている必要がある。

壁に背中を預けて座っていた僕に、今度はヨシヤが声をかけてきた。

「ヨータよ、一体何があったんだ……で、彼女がミカって娘《こ》なのか」

「いえ、中でちょっといろいろありまして……ミカで間違いないです」

「いろいろって……まぁいいけどよ。おい、お嬢さん、大丈夫だったか」

「あっはい、ありがとうございます。大丈夫です」

今度はミカに話を振り、疲れからかぼんやりとしていた彼女はビクリとしてから慌てて反応を返した。

「……疲れてるなら帰りはアリサに背負ってもらうといい」

「いえ、自分で歩けるので」

「ところで、こっちも聞きたいんですけどあなたたちは一体何をやっていたんですか？　彼は何故ボコボコに？」

僕が聞くと、パーティーメンバーの三人は苦笑いをして目を逸らす。

「俺が説明しよう」

代わって手当てが終わったらしいガロンがそう声をかけてきた。

「えっと、なんで？」

「お前が行った後、こいつらがお前のことを追っていこうとしたんだよ」

「はぁ」

「俺がそれを足止めしようとして、先に進みたきゃ俺を倒してからにしろと、そう言った。それと、女に拳骨食らわせようとした」

まぁ、会話は途中まで聞いていたからわかるけど。

「それで?」

「あっさりやられたってわけだ」

「……」

ホント何やってるのかな。

「あ、ああ、ヨータだけは絶対に守れってギルドマスターにも言われたしよ」

「つい、必死になっちゃって」

「ごめんなさいっ」

まぁ、何はともあれ、理由はわかったのでこの話は終わりにする。

これに関してはどちらも悪くないだろう。……不慮の事故だ。

「あの、あなたの名前、ガロンっていうんですよね」

それよりも、だ。

彼にあのことを話さなければならない。

僕は、彼の主であるレウヴィスを殺したのだ。黙っているわけにはいくまい。

「そうだ。それがどうした? お前はレウヴィス様に会ってどうなったんだ?」

僕が口を開こうとする前に、彼の方から聞かれてしまう。余計に言い出しにくくなってしまい、押し黙る。

「ヨータ、どうした」

僕が答えないのを、彼は不思議そうな表情で問い詰めてきた。

「……」

「おい？」

再度、聞かれて僕は思いきって答えた。

「……レウヴィスは、殺した」

僕の言葉を聞いたガロンは、数回、目をぱちくりとさせてから目を見開いた。

言葉は、ない。

相当に驚いているようだった。

「ごめん」

僕はそんな彼にただ謝る。

どんなことを言われるだろうか。彼は怒るのだろうか、悲しむのだろうか。そんなことばかりが頭に浮かぶ。

「違うの、殺したのは私よ」

「ミカ、いい。僕が指示したことなんだ」

ミカがまた庇おうとしてくれるが、僕は彼女を止める。これは僕の問題だ。

黙って彼の、ガロンの反応を待った。

「……そうか」

彼の口から出たのは穏やかな声だった。

僕はただ謝り続けることしかできない。

「本当にごめん」

「いや、いいんだ。レウヴィス様自身がそれを望んでいたんだ。お前たちが気にすることはない。どうせ勝負だ！　とか言われて殺されかけたんだろう？　生物として自分の身を守るのは当然だ。気にするな」

彼は静かにそう言って、口を閉じた。

アリサたちはこちらの雰囲気に呑まれたのか、三人とも静まり返ってこちらを見守っている。

「あのな、俺は魔物だ。人じゃない。……人の気持ちなんかわからんからそんなにしてもらっても反応なんかしようがないんだよ。やめてくれ」

ガロンはまだ僕たちが頭を下げているのを見て、そう言ってきた。

僕はゆっくりと顔を上げる。

「あ、ああ」

「それだけだ。手当て感謝する、もう帰れ」

ガロンはそれだけ言うと、扉の奥へと引っ込んでいってしまった。

一瞬だけ見えた彼の横顔は心なしか悲しげに見えた。

エピローグ

地上に戻ると、時刻は僕がミカを助けに迷宮に潜った次の日の昼だった。

ヨシヤたちとはもう別れた。彼らには感謝してもしきれない。

ちなみに、今回のクエストでみんなレベルアップしたらしい。

特級探索者になれると喜んでいた。

そして、僕も。

レウヴィスとの戦いでかなりステータスがアップしていた。

それに、またレベルアップもした。支援魔法のおかげでもある。

けれど、同時にレウヴィスに対して、改めて恐怖を抱いた。

まるまる一個レベルアップをするほどの膨大な経験値が、レウヴィスの異次元級な強さを再認識させてくれる。

「ねぇ、どこに行くの」

ミカにそう聞かれる。

現在は、ギルドから宿に戻っている最中だ。

診療所で、いろいろ検査を受けて異常がないとわかったので、僕たちは二人ともすぐに解放された。

ライオルたちはすでに退院したようでそこで鉢合わせる、というようなことはなかった。

「宿だよ」

「お金、大丈夫だったの？　ライオルたちが使い込んじゃったって聞いてたけど」

「ああ、あれは――」

実際最初はお金もなくてどうしようかと思ったけど、あの出来事があってから狩った魔物の魔石を売って、一応は事なきを得ていた。

その後、ギルドマスターから施しを受け、一応は全額取り戻せたし。

まぁ、そういうわけでお金には困ってないんだけど、現在、肝心の部屋が空いてなくてベッドが一つしかない部屋に出会ったばかりの女の子と二人暮らし、というかなーり、不健全な状態にある。

言ったらまずいことになるような気がして、思わずその辺のことを伏せて答えてしまった。

宿に入った時点でバレることなのだが。

「うん、お金は大丈夫だったよ」

「そう」

彼女はそのまま俯いて、黙って歩いていく。

やはり精神的に疲弊しているのか、いつもの彼女、というわけにはいかなさそうだ。

本来ならもっとよく喋ってよく笑う、明るい性格なのだ。

「……ミカ、まだ何か気にしてることがあるの？」

僕は彼女が心配でそう聞いてみる。

彼女はなんでもない、と小さく答えてから続けた。

「本当にこれで良かったのかな」

「……僕はいいと思う。ミカがいいと思うかは、ミカ自身で決めるべきかな」

「もっと別のやり方があったと思わない？」

「……いいんだよ、気にしちゃだめだ。ガロンも言っていただろ？　レウヴィス自身がそれを望んでいたんだって。そりゃぁ理由はわからないけど、彼女は少なくとも本気だった」

「わかったわ、気にしない」

彼女はそう言うが、やはり表情は優れない。どんな理由であれ、殺したのは事実なのだ。無理もなかった。

本当にこれでいいのか。

答えは出ずとも、それでも前に歩くしか道はないのだ。

躓くたびにいちいち止まってたら、行き詰まってしまう。

「……ヨータは、私が、本当は怖がりだって言ったらどう思う？」

唐突にミカはそんなことを聞いてくる。

「……普通、じゃないの？　女の子らしいと思う」

質問の意図がわからず、僕はとりあえず率直に思ったことを述べた。

すると何故だかミカは薄《う》っすらと笑みを浮かべた。なんだかよくわからないけど、良しとしよう。

ミカはさっさと先を歩いていってしまう。

僕は俯きがちだった顔を上げると、彼女を追いかけるために走り始めて——

「うんうん、ワタシもそう思う。気にしなくていいよ！」

その時だった。

唐突に後ろから声がかかったのは。

ものすごく聞き覚えのある声に、僕とミカは同時に振り返った。

「やー、勝手に殺されて勝手に罪悪感持たれて勝手に湿っぽい空気で自分のことを振り返られる、なかなかゾクゾク来るものがあるよ」

……は？

僕は呆然と固まる。

目の前には、確かにレウヴィスが立っている。手を伸ばすと、ちゃんと押し戻される感触があった。

「やん、そんな所触るなんてヨータのえっち！」

そんなことをのたまってフザケている目の前の人物は間違いなくレウヴィスだ。

ど、どういうこと？

「いやー、自分が思ったよりもすごくて驚きだよ。あそこから再生するなんてね！　今回ばかりはマジで死んだ！　と思った」

僕たちの間抜け面を見たレウヴィスが得意げに言う。

やっぱり化物じゃん。

心臓やられて生きてる生物なんか普通いないよ。

あまりの驚きに声も出ない。

口をパクパクと閉じたり開いたりしてレウヴィスを見つめることしかできない。

「――って、なんであんたがここにいるのよ！」

「そ、そうだ。何しれっとついてきてるんだ！」

僕より早く立ち直ったらしいミカがそうツッコミを入れる。

ミカの言葉にようやく我に返って、僕も慌ててツッコむ。

そもそもどうやって迷宮から出てきたんだ！

探索者証も持たず、こんな怪しい格好で引き止められないわけがない。

まさか、力ずくで……。

「ふふ、驚いてる驚いてる！　面白いね、人間って」

相変わらず、ケラケラと彼女は笑う。

「どうやって迷宮を出てきたんだよ！　変なことしてないだろうな！」

「なんか見張りみたいなのいたけどよそ見ばっかかして隙だらけだし、こっそりとね！　いけちゃったよ」

「「……」」

ギルド職員、だめじゃん。

僕たちが二人して遠い目をしていると、レウヴィスの方から話しかけてくる。

「ねぇねぇ、それでなんだけどこれからもヨータについていっていい？」

「なっ、だめに決まってるでしょ！」

そのお願いにはミカが真っ先に反応した。猛反対だ。

「なんでー？　おとなしくしてるからさ、頼むよ」

「だめに決まってるでしょ！　なんで自分たちを殺そうとした奴を近くに置いておかなきゃいけないのよ！　絶対いや！」

確かに、ちょっとお近づきにはなりたくない。

本気で殺されそうになった相手がこんなことを言ってきて頷く奴なんか一人もいないだろう。

ここは丁重にお断りさせていただいて……。

「ケチー、……ならこれでどうだっ」

「うわっ」

突如僕の右手が柔らかい感触に包まれ、思わず声を上げる。

「は？」

レウヴィスによって握らされていたのは、彼女自身のたわわに実った……胸。

「ほら、これでいいだろう？」

「な、なななな、何やってんのよ～～!!」

ミカは顔を真っ赤にして叫ぶ。

僕は慌てて手を引っ込めたが、感触はその後もしばらく手に残り続けた。もう訳がわからない。

僕は思考停止状態だ。

「で、ついていってもいいよね？」

「だめに決まってるでしょ！」

「えー、一人くらいいいじゃん。ワタシ一人が増えたって変わらないでしょ」

「いや……理解が追いつかないから待ってくれ」

もう動機も何もかも意味不明すぎてまったく考えていることがわからん。

「ガロンにはヨータが恋人の女の子を連れ歩いてるって聞いてたんだけど？　女の子なら、誰でもいいんじゃないの？」

あ。

「――ちょ、恋人ってどういうこと⁉　あんたいつの間に……っ」

これはまずい。

「ヨータ、迷宮でのあの言葉は嘘だったの……って逃げた！　待ちなさい！」

「おーい、ワタシもついていっていいんだよね？　いいんだよね？」

「あんたはだめって言ってるじゃない！　……ヨータ！」

もう嫌だ。

もうたくさんだ。

僕は耳を塞ぎ宿屋までの道を駆け抜ける。

こんなことをしても逃げられないのはわかっている。

でも、いい加減に休ませてほしい。この一週間、いろんなことがありすぎだ。

後ろからはギャーギャー騒ぎながらミカとレウヴィスが追ってくる。

「あ、ヨータさん、お帰りなさ、い⁉」

出迎えてくれたサラの横を通り抜け、部屋までの階段を駆け上がる。

「だ、誰ですかこの人たち⁉　ちょ、ヨータさん⁉」

「お、キミがヨータのガールフレンドかな？　よろしくー！」

「あんた、ヨータとどういう関係⁉　教えなさい！」

「ええ⁉　えええええええぇぇ……‼⁉」

そんな騒がしい少女たちの声は、遠く青い空に響いて、そして消えていった。

❖

——一方で。

「率直に言うけど、君たちの処遇についてだが……」

ギルド本部の二階、ギルドマスターの執務室で、部屋の主であるアレクが口を開いた。今回の騒動の中心にいた三人、ライオル、ミーナ、ガレがその部屋には集められている。

「……チッ」

「「……」」

ライオルはふてぶてしい態度で、アレクの話を聞いている。その態度に反省の態度は見られない。

ミーナもガレも黙っている。ガレは、元々口数が少ない方であるから、特にいつもと変わったことはない。

しかし、ミーナに関しては違った。彼女はライオルに殴られたことで、顔に大怪我を負った。

ポーションを用いた治療では完治しないほどに、怪我の度合いが大きかったため、ギプスやら包帯やらでグルグル巻きになった彼女の表情は窺うことができない。

「まず特級探索者資格の剝奪だ。君たちはそれだけのことをした、わかるね?」

「っ、ふざけっ」

口応えしようと、いきり立ったライオルをアレクはひと睨みして黙らせる。

彼女のいつにない迫力に、ライオルは思わず尻込みしてしまう。

「ふざけているのはそちらの方だ。君たちはただ依頼を失敗したわけじゃない」

ライオルは思わず歯ぎしりしてしまう。アレクはそんな彼の様子を見ても、表情ひとつ変えることはせず、そのまま続けた。

「第一に意図的に仲間を見捨てたこと。それに関してはミカの証言で裏は取れている。……殺人未遂と一緒だ」

「お、俺は悪くねぇだろ! ミーナが勝手にやったことだ!」

ライオルはそう反論する。当事者であるミーナはまだ、黙ったままだ。

「いいや、キミは別件だよ。ギルド施設内での暴行、現行犯だ。……素行の悪い人間をギルドの顔とも言うべきトップ探索者に据えておくわけにはいかない」

「くっ……」

パーティー内でのイジメも酷かったみたいだし、とアレクは付け足す。

「ざけんな! ……またヨータかよ! またヨータなのか……っあ!?」

ライオルはその言葉が気に入らなかったのか、その場で暴れようとした。

「――おいおい、勘弁してくれよ。キミたちほどの高レベル探索者を手放すのは、ギルドにとっても損失なんだ」

しかし、ライオルが行動を起こすその前に、アレクに首根っこを捕らえられ、無理やりその動きは止められてしまった。

壁に勢いよく押さえつけられ、ライオルは身動きがとれない。

「……ボクとしても、キミたちをクビにしてしまうのは……もったいないと思っている。だからせめてこの場では大人しくしていなさい」

「……ゲホッ」

そこまで言ってから、ようやくアレクはライオルから手を離した。

ライオルは激しく咳き込む。

「キミたちはボクから見ればまだ子供みたいなものだ。若気の至り、というのもあるかもしれない。それもあって今回の処分にした」

アレクは三人を順番に見る。

「上級探索者に降格の上、六か月の間、当ギルドでの一切の活動を禁ずる。いいね？」

「……わかった」

彼女から告げられた処分の内容に、ガレだけが返事をする。

「本来ならクビだということを理解した上で、しっかり反省するんだ。……行っていいよ」

アレクは最後にそう告げ、ライオルたちを退室させた。

「……クソッ」

部屋の外で、ライオルは立ち止まり、拳を堅く握りしめる。

怒りで震えが止まらない。

「またアイツだ……」

「まだ執務室の前だ、大人しく……」

ガレが宥めようとするが、彼は止まらない。

「ヨータヨータヨータヨータヨータヨータ!! どいつもこいつもヨータだ!!」

廊下にはライオルの声だけが響き渡る。ガレは思わず扉の方を見た。

ギルドマスターが出てくる様子はない。

ライオルはなおも続ける。

「許さねぇ、俺の邪魔ばかり……絶対に許せねぇ」

震える声で、自らが追い出した魔導士に対する憎悪を露わにし、叫んだ。

「このままで終わると思うなよ……このまま「いいや、終わりだから」っ……?」

突然、ミーナが口を開いた。今まで無口だったから、ライオルたちは驚いて包帯だらけの彼女に注目する。

「もう終わり、……終わりにしよ? どうせ変わらない」

「ミーナ、どういうことだ」

ライオルが聞くと、ミーナは弾《はじ》かれたように笑い出す。

「ははは、あははは、あはははは……」

「……どうした、ミーナ」

ガレは、明らかに様子のおかしい彼女に、恐る恐る声をかけると、ミーナは包帯の間からわずかに覗く目で、ガレの方に振り向く。

血走った目で凝視され、ガレは思わずたじろいだ。

ミーナは何が面白いのか……笑い続ける。

「今度は私の番、そう決めたの」

「何を――」

……言ってやがる。そう言い切る前に、ライオルはミーナに腕を摑まれる。

「ふふ、うふふ。アンタが教えてくれたの。欲しいモノは力ずくで手に入れるんだって」

「……っ離せ――!?」

ライオルは訳のわからないことを言うミーナを無理やり引き剝がすと、彼女から距離を取った。

ミーナはまだ笑っている。

「……クソッ」

ライオルは身を翻《ひるがえ》すと、その場から逃げるように出ていった。ガレも慌ててそれに続き、その場にはミーナだけが残される。

「ふふ、ふふふふ……」

誰もいなくなった廊下で、アレクが止めに来るまで、彼女はただ一人笑い続けたのだった。

不遇スキルの支援魔導士／完

あとがき

はじめまして。おしるこ入りの缶ジュース、と申します。

この度は『不遇スキル』をご購入頂きまして、誠にありがとうございます。

昨年某日に、本作の書籍化のお話を頂いてから早一年弱となりますが、ようやく、皆様のお手元へと私の作品を届けることができましたことを、とても嬉しく思っております。

さて、本作は私のデビュー作という位置づけになりますが、読者の皆様はお楽しみいただけたでしょうか?

幼少の頃から作文が苦手で、国語も常に赤点ギリギリだった私がまさか、といった思いが未だに頭の中を巡っており、今もドキドキしながらこのあとがきを書いております。

拙い文章で紡がれたヨータ達の物語ですが、少しでもお楽しみ頂けたなら幸いです。

初めての経験で右も左も分からない中、的確な指示で私のことを引っ張って下さった担当の小田様、私の拙い文章から、その文章以上の魅力的なイラストを描いてくださったイラストレーターの純粋様には最上の感謝を。

そして、出版に携わっていただいたすべての皆様、本当にありがとうございました。

それでは、まだまだ未熟な身ではありますが、生意気にも2巻を出せることを祈りつつ、今回はこの辺りで筆を置かせていただきます。

……あ、因みにですがこの文章を書いている〝私〟は19歳の〝美少女〟です。

設定……、とかじゃないですよ?

MAG Garden NOVELS

不遇スキルの支援魔導士

発行日　2020年9月25日 初版発行

著者 おしるこ入りの缶ジュース　イラスト 純粋

発行人　保坂嘉弘

発行所　株式会社マッグガーデン
〒102-8019 東京都千代田区五番町6-2
ホーマットホライゾンビル5F
編集 TEL：03-3515-3872　FAX：03-3262-5557
営業 TEL：03-3515-3871　FAX：03-3262-3436

印刷所　株式会社廣済堂

装　幀　木村慎二郎（BRiDGE）＋矢部政人

ISBN978-4-8000-1007-0 C0093

ファンレター・感想等は弊社編集部書籍課「おしるこ入りの缶ジュース先生」係、「純粋先生」係までお送りください。

本作品はフィクションです。実在の人物・団体・事件等には一切関係ありません。